LA VERGÜENZA

Obras de Annie Ernaux en Maxi

El acontecimiento
El lugar
La vergüenza
Pura pasión

ANNIE ERNAUX
LA VERGÜENZA

Traducción de Mercedes y Berta Corral

MAXI
TUSQUETS
EDITORES

Título original: *La Honte*

1.ª edición en colección Andanzas: junio de 1999
1.ª edición en colección Maxi: enero de 2026
2.ª edición en colección Maxi: septiembre de 2026

Adaptación de la cubierta: Maxi Tusquets / Área Editorial Grupo Planeta

Ilustración de la cubierta: © Laura Wächter

Fotografía de la autora: © Ernesto Ruscio / Getty Images

© de la traducción: Mercedes y Berta Corral, 1999, 2020

Diseño de la colección: FERRATERCAMPINSMORALES

ISBN: 978-84-1107-717-0
Depósito legal: B. 20.986-2025
Impreso en España

Para Philippe V.

El lenguaje no es la verdad. Es nuestra forma de existir en el universo.

PAUL AUSTER, *La invención de la soledad*

Mi padre intentó matar a mi madre un domingo de junio. Fue a primera hora de la tarde. Yo había ido como de costumbre a misa de doce menos cuarto y después a comprar unos dulces a la pastelería del centro comercial de la ciudad, un conjunto de edificios provisionales construidos después de la guerra. Cuando volví, me quité la ropa de domingo y me puse un vestido de estar por casa. Después de que los clientes se marcharan y de que echáramos el cierre del colmado, empezamos a comer. Seguramente teníamos la radio encendida, pues a esa hora emitían *Le tribunal,* un programa de humor en el que Ives Deniaud interpretaba el papel de un pequeño delincuente al que un juez de voz temblorosa acusaba una y otra vez de haber cometido unas fechorías absurdas y le condenaba a penas ridículas. Mi madre, que estaba de muy mal humor, no dejó de discutir con mi padre durante toda la comida. Una vez que hubo recogido la vajilla y pasado la bayeta por el mantel de hule, continuó dirigiendo reproches a mi padre, sin dejar, como siempre que estaba contrariada, de dar vueltas por la minúscula cocina, encajonada entre el café, el colmado y la escalera que conducía al piso de arriba. Mi padre permanecía sentado, sin responder, con la cabeza vuelta hacia la ventana. De pronto empezó a temblar de forma convulsiva y a resoplar. Se levantó y le vi agarrar a mi madre y arrastrarla hasta el café gritando con una voz ronca, desconocida. Corrí al piso de arriba, me tiré encima de mi cama y metí la cabeza debajo de la almohada. Después oí a mi madre dar alaridos: «¡Hija!». Su voz provenía de la bodega, situada junto al café. Corrí escaleras abajo gritando «¡Socorro!» con todas mis fuerzas. En la mal iluminada bodega pude ver cómo mi padre agarraba con una mano a mi madre, no sé si por los hombros o por el cuello, y cómo en la otra tenía el hacha para cortar leña que había arrancado del tajo donde se encontraba normalmente... Lo único que recuerdo de aquella escena son los sollozos y los gritos. En la siguiente escena nos encontramos otra vez los tres en la cocina: mi padre está sentado al lado de la ventana; mi madre, de pie junto al fogón, y yo, sentada al pie de la escalera. Lloro sin poder contenerme. Mi padre todavía no había vuelto a la normalidad, temblaba y seguía teniendo aquella voz desconocida. Repetía: «¿Y tú, por qué lloras? A ti no te he hecho nada». Recuerdo que dije: «Vais a volverme loca». Mi madre decía: «Vamos, ya ha pasado todo». Después nos fuimos los tres a pasear en bicicleta por el campo de los alrededores. Al volver a casa, mis padres abrieron el café como todos los domingos por la tarde. Nunca más se volvió a hablar del asunto.

Aquello ocurrió el 15 de junio de 1952, la primera fecha concreta de mi infancia. Hasta entonces, el tiempo solo había consistido en un deslizarse de días y de fechas escritas en la pizarra y en los cuadernos.

A partir de entonces, les he dicho a varios hombres: «Cuando yo estaba a punto de cumplir doce años, mi padre intentó matar a mi madre». El hecho de haber necesitado decírselo demuestra lo unida que me sentía a ellos. Sin embargo, todos se quedaron en silencio después de oírlo. Y yo me daba cuenta de que había cometido un error, de que no estaban preparados para escucharlo.

Es la primera vez que describo esta escena. Hasta hoy siempre me había parecido imposible, ni siquiera en un diario íntimo. Como si el hecho de contarlo fuera algo prohibido que iría acompañado inevitablemente de un castigo. Quizá no poder escribir nada después. (Hace un momento he sentido una especie de alivio al comprobar que, sin embargo, seguía escribiendo como antes, que no había ocurrido nada terrible.) Ahora, después de haber conseguido describir esta escena, tengo la impresión de que se trata de un suceso banal, mucho más frecuente en las familias de lo que entonces me hubiera podido imaginar. Quizá la escritura convierta en normal cualquier suceso, incluso el más dramático. Pero como para mí esta escena siempre ha sido una imagen sin palabras ni frases, aparte de las que les he dicho a mis amantes sobre ella, las palabras que he empleado para describirla me parecen extrañas, casi incongruentes. Se ha convertido en una escena para los demás.

Antes de empezar a escribir pensaba que iba a ser capaz de acordarme de todos los detalles. Pero, de hecho, solo recuerdo la atmósfera, la postura de cada uno de nosotros en la cocina y algunas palabras. No recuerdo por qué empezó la pelea, ni tampoco si mi madre llevaba todavía el blusón blanco que se ponía para estar en el colmado o se lo había quitado pensando en el paseo que íbamos a dar. Tampoco recuerdo lo que habíamos comido. No tengo ningún recuerdo concreto de aquella mañana de domingo que no esté inscrito dentro del marco de nuestras costumbres: la misa, la pastelería. Pero de lo que sí estoy segura es de que yo llevaba un vestido azul de lunares blancos, pues, durante los dos veranos siguientes, cada vez que me lo ponía pensaba: «Es el vestido de aquel día». También estoy segura del tiempo que hacía: una mezcla de sol, nubes y viento.

A partir de entonces, aquel domingo se interpuso como un filtro entre la vida y yo. Jugaba, leía, actuaba como de costumbre, pero no estaba completamente presente. Todo se había vuelto artificial. Memorizaba mal las lecciones que antes me aprendía con solo leerlas una vez. Una excesiva conciencia de mí misma, que no me dejaba concentrarme en nada, sustituyó a mi indolencia de alumna segura de su facilidad para el estudio.

No podía juzgar aquella escena. Mi padre, que me adoraba, había querido suprimir a mi madre, que también me adoraba. Como mi madre era más cristiana que mi padre, ella se ocupaba del dinero y hablaba con las profesoras, a mí debía de parecerme de lo más natural que le gritara a mi padre de la misma manera que me gritaba a mí. No existía culpa ni culpable, pero debía impedir que mi padre matara a mi madre y fuera por ello a la cárcel.

Creo que durante meses, quizás años, esperé a que la escena se repitiera, segura de que antes o después se reproduciría. La presencia de los clientes me tranquilizaba. Temía los momentos en los que nos quedábamos solos, es decir, las noches y los domingos por la tarde. Estaba alerta a la menor discusión entre ellos, vigilaba a mi padre, su rostro, sus manos. Siempre que se producía un silencio repentino, presentía la llegada de la desgracia. Cuando estaba en el colegio, me preguntaba si, al llegar a casa, no me encontraría con el drama ya consumado.

Cuando sorprendía alguna muestra de afecto entre ellos, una sonrisa o una risa cómplices, una broma, me parecía estar de vuelta en la época de antes de la escena, y pensaba que todo aquello solo había sido una pesadilla. Pero poco después me daba cuenta de que aquel gesto de afecto solamente tenía sentido en el momento en el que se producía y que no suponía ninguna garantía para el futuro.

En aquella época solían emitir por radio una extraña canción que imitaba una trifulca que se producía repentinamente en un *saloon:* tras un momento de silencio, en el que solo se oía una voz que susurraba: «No se oye ni el vuelo de una mosca», tenía lugar una explosión de gritos, de frases confusas. Cada vez que la oía me sentía atenazada por la angustia. Un día, mi tío me tendió la novela policiaca que estaba leyendo y me dijo: «¿Qué dirías si tu padre fuera acusado de un asesinato y no fuera culpable?». Sentí un frío paralizador. Por todas partes me encontraba con la escena de un drama que no se había producido.

Nunca se repitió. Mi padre murió quince años después, también un domingo de junio.

Solo ahora me doy cuenta de lo siguiente: quizá mis padres hablaran entre sí de la escena de aquel domingo, del comportamiento de mi padre, y encontraran una explicación o una excusa y decidieran olvidarlo todo, por ejemplo, una noche después de haber hecho el amor. Pero este pensamiento, como todos los que no se nos ocurren en el momento justo, llega demasiado tarde. Ya no puede servirme de nada, salvo para expresar con su ausencia el indescriptible terror que sentí aquel domingo.

En agosto, unos ingleses acamparon al lado de una carretera desierta, en el sur de Francia. Por la mañana encontraron asesinados al padre, Sir Jack Drummond, a su mujer, Lady Anne, y a su hija Elizabeth. La granja más cercana pertenecía a una familia de origen italiano, los Dominici, cuyo hijo Gustave había sido acusado anteriormente de tres asesinatos. Los Dominici hablaban mal el francés;

los Drummond tal vez lo hablaran un poco mejor que ellos. Lo único que yo sabía decir en inglés y en italiano, era el «*Do not lean outside*» y «*È pericoloso sporgersi*», que aparecía escrito en los trenes debajo del PROHIBIDO ASOMARSE. Me resultaba extraño que aquellas personas que pertenecían a un medio acomodado hubieran preferido dormir a cielo raso en vez de en un hotel. Me imaginaba a mí misma muerta junto a mis padres, al lado de una carretera.

De aquel año conservo dos fotografías. En una de ellas aparezco vestida de primera comunión. Es una fotografía «de estudio», en blanco y negro, insertada y pegada en una especie de cuadernillo de cartulina decorado con volutas. La foto, protegida por una hoja de papel de seda, lleva la firma del fotógrafo. En ella se ve a una niña de rostro lleno y terso, pómulos marcados y nariz redondeada y ancha. Lleva unas gafas con una gruesa montura de color claro que le llegan hasta la mitad de los pómulos. La niña mira fijamente al objetivo. Los cabellos, cortos y con permanente, le sobresalen por delante y por detrás del gorrito que lleva atado a la barbilla y del que cuelga un velo. Sus labios esbozan una ligera sonrisa. Es el rostro de una niña seria, que aparenta tener más edad a causa de la permanente y las gafas. Está arrodillada en un reclinatorio, con los codos en el apoyabrazos y las manos juntas y grandes al lado de la cara (en el dedo anular lleva un anillo). En ellas sostiene un rosario que cae sobre el misal y los guantes, apoyados en el reclinatorio. La figura, vestida con un traje de muselina y con un lazo alrededor de la cintura anudado algo flojo, lo mismo que el gorrito, no se distingue bien. Da la impresión de que no existe un cuerpo debajo de ese vestido de monjita, pues no puedo imaginármelo, y mucho menos sentirlo, como siento el mío ahora. Me asombra pensar que, sin embargo, ese cuerpo es el mismo de hoy.

La foto lleva fecha del 5 de junio de 1952. No me la hicieron el día de mi primera comunión, en 1951, sino —ya no recuerdo por qué motivo— el día de la «renovación de los votos», en el que se repetía la ceremonia, con el mismo vestido, un año más tarde.

No deseo escribir ningún relato, pues eso significaría crear una realidad en lugar de buscarla. Y tampoco quiero limitarme a reunir y a transcribir las imágenes que conservo en la memoria, sino tratarlas como documentos que se aclararán los unos a los otros al estudiarlos desde diferentes ángulos. Ser, en pocas palabras, etnóloga de mí misma.

(Quizá no sea necesario que anote todo esto, pero no puedo empezar a escribir de verdad si antes no intento ver claro las condiciones de mi escritura.)

Al hacerlo, solo aspiro a disolver la escena indecible de mis doce años en las generalidades de las leyes y del lenguaje. Quizá se trate una vez más de un acto insensato y fatal, inspirado por las palabras de un misal que hoy me resulta ilegible, de un ritual que tras reflexionar en él equiparo a cualquier ceremonia vudú, *tomad y leed todos de él porque esto es mi cuerpo y mi sangre que será derramada por todos vosotros.*

En junio de 1952 nunca había salido de ese territorio al que, de una forma vaga pero que todos comprendemos, llamamos *nuestra tierra,* la región normanda de Pays de Caux, en la orilla derecha del Sena, entre El Havre y Ruan. Más allá comienza lo incierto, el resto de Francia y del mundo, lo que, haciendo un amplio gesto con el brazo para señalar el horizonte, llamamos *allá,* expresando con ese término la indiferencia y la extrañeza que nos produce la idea de que alguien pueda vivir allí. Solo nos parece posible ir a París en un viaje organizado, a menos que tengamos allí algún familiar que pueda hacernos de guía. Tomar el metro nos parece una experiencia complicada, más terrorífica aún que subirnos en el tren de la bruja de la feria, y para la que creemos que es necesario un aprendizaje largo y difícil. Existe la creencia generalizada de que no se puede ir a ninguna parte sin conocer a alguien, y admiramos a todos aquellos o aquellas que *no tienen miedo de ir a donde sea.*

Las dos grandes ciudades de *nuestra tierra,* El Havre y Ruan, suscitan menos aprensión, forman parte del lenguaje de toda memoria familiar, de las conversaciones cotidianas. Muchos obreros trabajan en ellas: salen por la mañana y vuelven por la noche en el «autobús». En Ruan, más cercana e importante que El Havre, hay de todo, es decir, grandes almacenes, médicos especialistas, varios cines, una piscina cubierta para aprender a nadar, la feria de San Román, que dura todo el mes de noviembre, tranvías, salones de té y grandes hospitales a los que se lleva a la gente para que les hagan operaciones delicadas, curas de desintoxicación y electrochoques. Salvo los obreros que trabajan en la construcción, nadie va a la ciudad vestido de «diario». Mi madre me lleva allí una vez al año para ir al oculista y comprarme unas gafas. Aprovecha la ocasión para comprar artículos de belleza y todo lo que «no se encuentra en Y.». En Ruan no nos sentimos como en casa, porque no conocemos a nadie. La gente parece vestirse y hablar mejor que en Y. En Ruan nos sentimos ligeramente «retrasados» en lo que se refiere a la modernidad, la inteligencia y la desenvoltura en los gestos y en las palabras. Ruan es para mí una imagen del futuro como lo son las novelas por entregas y las revistas de moda.

En 1952 me resulta imposible pensar que yo estuviera fuera de Y., fuera de sus calles, de sus tiendas y de sus habitantes, para quienes soy Annie D. o «la pequeña D.». Para mí no existe otro mundo. Y. aparece en todas las conversaciones. Nos situamos y deseamos con relación a sus colegios, su iglesia, sus tiendas de novedades, sus fiestas. En esta ciudad de siete mil habitantes, que se halla entre El Havre y Ruan, es en la única en la que podemos decir de un gran número de gente «él o ella vive en tal calle, tiene tantos hijos, trabaja en tal sitio», es el único sitio en el que podemos dar información sobre los horarios de las misas y sobre las sesiones del cine Leroy, o en el que podemos indicar cuál es la mejor pastelería o qué carnicero es el menos ladrón. Mis padres nacieron allí y, antes que ellos, en los pueblos vecinos, sus padres y sus abuelos. No existe ninguna otra ciudad sobre la que poseamos un conocimiento tan completo, tanto espacial como temporal. Sé, por ejemplo, quién vivía hace cincuenta años en la casa colindante a la nuestra, sé dónde compraba mi madre el pan cuando volvía de la escuela. Me cruzo con hombres y mujeres con los que mi madre y mi padre estuvieron a punto de casarse antes de conocerse. Las personas «que no son de aquí» son aquellas de quienes no sabemos nada, cuya historia nos resulta desconocida o imposible de comprobar, y que, a su vez, desconocen la nuestra. Los bretones, los marselleses o los españoles, es decir, todos los que no hablan «como nosotros», forman parte, en mayor o menor medida, de los extranjeros.

(Nombrar esta ciudad —como he hecho otras veces— es algo que me resulta imposible, pues en este libro no es el lugar geográfico que aparece señalado en el mapa, y por el que se pasa en tren o en coche para ir de Ruan a El Havre. Es el lugar de origen sin nombre en el que, cuando vuelvo, me siento presa de un sopor que me impide pensar y hace desaparecer de mi mente casi todos los recuerdos concretos, como si fuera a tragarme de nuevo.)

Topografía de Y. en 1952.

El centro, devastado por un incendio durante el avance alemán de 1940, y bombardeado después en 1944 al igual que el resto de Normandía, se halla en proceso de reconstrucción. Presenta una mezcla de edificios en obras, descampados, inmuebles de casas de dos pisos, acabados en cemento y con comercios modernos en los bajos, campamentos provisionales de barracas y edificios antiguos, salvados de la guerra, como el ayuntamiento, el cine Leroy, correos y el mercado. Al haberse quemado la iglesia, una sala del círculo recreativo juvenil, situado en la plaza del Ayuntamiento, hace las veces de esta: la misa se celebra en el escenario, delante de la gente sentada en el patio de butacas o en la galería que rodea la sala.

Del centro sale una serie de calles adoquinadas o asfaltadas, con casas de ladrillo o de piedra y propiedades rodeadas de verjas en las que viven notarios, médicos, arquitectos, etcétera. Al final de esas calles se encuentran los colegios públicos y privados, alejados unos de otros. Ya no forman parte del centro, pero siguen estando dentro de la ciudad. Más allá se extienden los barrios cuyos habitantes dicen que van «a la ciudad» o «a Y.» cuando van al centro. El límite geográfico entre el centro y el lugar donde empiezan los barrios no está muy claro: empiezan a desaparecer las aceras, las casas son cada vez más viejas (con vigas de madera empotradas en las fachadas y dos o tres habitaciones como mucho; sin agua caliente y con el retrete en el exterior), se ven algunas huertas, cada vez hay menos comercios, salvo algún que otro colmado que es, al mismo tiempo, café y carbonería, y al final aparecen las barriadas obreras. Sin embargo, en la práctica, todo el mundo tiene claro este límite: el centro es adonde no se va a comprar en zapatillas o en mono de trabajo. El valor del barrio disminuye a medida que uno se aleja del centro, las casas con jardín son cada vez más escasas y las manzanas de casas con patio común, más numerosas. Los barrios más apartados, con caminos de tierra, zonas que se llenan de barro cuando llueve y granjas detrás de los terraplenes, pertenecen ya al campo.

El barrio del Clos-des-Parts se extiende desde el centro hasta el puente de Cany, entre la Rue de la République y el barrio del Champ-de-Courses. La Rue du Clos-des-Parts, que va desde la carretera de El Havre —atravesando el centro— hasta el puente de Cany, es su eje principal. El comercio de mis padres está situado en la parte baja de esta calle (nosotros decimos «subir a la ciudad»), hace esquina con una callecita empedrada que desemboca en la Rue de la République. Se puede tomar esta calle o la de Clos-des-Parts para ir al colegio privado, que se halla en el centro, pues ambas son paralelas. Sin embargo, son muy diferentes. La Rue de la République es ancha, asfaltada y con aceras a ambos lados. Por ella pasan los coches y los autocares que van hacia la costa y hacia las playas, que se encuentran a veinticinco kilómetros. En la parte alta de la calle hay unas villas impresionantes donde vive una gente a la que ni siquiera conocemos «de vista». El hecho de que en la parte baja haya un taller de Citroën, algunas casas adosadas que dan directamente a la calle y un taller de reparación de bicicletas no resta categoría a la calle. Antes de llegar al puente, a la derecha, más abajo de la vía del tren hay dos inmensos estanques, uno está lleno de agua negra y el otro de agua verde debido al musgo que cubre la superficie. Los une un camino de tierra. Es la charca del ferrocarril, el lugar de muerte de Y., el lugar adonde las mujeres vienen a ahogarse desde el otro extremo de la ciudad. Como esta charca no puede verse desde la Rue de la République, pues se halla separada de esta por un terraplén coronado por un espeso seto, es como si no formara parte de ella.

La Rue du Clos-des-Parts es estrecha, irregular, sin aceras, con bajadas bruscas y curvas muy cerradas. Tiene muy poco tráfico: solo la transitan de noche algunos obreros que se dirigen en bicicleta hacia la carretera de El Havre. Por la tarde es muy silenciosa, solo se oyen a lo lejos los sonidos del campo. En esta calle se encuentran las casas de algunos empresarios que tienen su taller al lado y muchas casas viejas de la misma altura, pegadas unas a otras, en las que viven empleados y obreros. La Rue du Clos-des-Parts se comunica a través de cuatro sinuosos caminos, inaccesibles a los coches, con el vasto barrio del Champ-de-Courses, que se extiende hasta el terreno hípico, donde sobresale el hospicio. Es un barrio sombrío de casas viejas, frente a las cuales se extienden setos y jardines, y donde vive gente «económicamente menos favorecida» que en otros sitios, como, por ejemplo, familias numerosas y viejos.

Desde la Rue de la République hasta los senderos del Champ-de-Courses se pasa, en menos de trescientos metros, de la opulencia a la pobreza, de lo urbano a lo rural, de la amplitud a la aglomeración. De la gente de la que no sabemos nada a aquella de la que sabemos a cuánto asciende la ayuda oficial que reciben, lo que comen y beben, y a qué hora se acuestan.

(Describir por primera vez, sin más norma que la precisión, unas calles en las que nunca me he parado a pensar, que solo recorrí durante mi infancia, es hacer legible la jerarquía social que existía en ellas. Tengo la sensación de estar cometiendo un sacrilegio al sustituir la suave topografía de los recuerdos, formada de impresiones, colores, imágenes —¡la villa Edelin! ¡La glicina azul! ¡Las zarzamoras del Champ-de-Courses!—, por otra de líneas duras que la despoja de todo su encanto, pero cuya evidente verdad ni siquiera es discutible por la propia memoria: en 1952 me bastaba con ver las grandes fachadas de aquellas casas con sus vastas extensiones de césped y sus avenidas de gravilla para saber que sus ocupantes *no eran como nosotros.)*

Nuestra tierra designa también:

1) el barrio

2) y, de forma indisoluble, la casa y el comercio de mis padres.

El colmado-mercería-café forma parte de un conjunto de casas viejas y bajas (con la carpintería de las fachadas en amarillo y marrón), flanqueado por unas construcciones más recientes de ladrillo, de un solo piso, y situado en un terreno que se extiende desde la Rue de la République hasta la Rue du Clos-des-Parts. Nosotros vivimos en la parte que da a esta última calle, junto a un viejo jardinero que tiene derecho a pasar por nuestro patio para acceder a su casa. El colmado, con una sola habitación encima, ocupa la parte nueva de ladrillo. La puerta de entrada y uno de los escaparates dan a la Rue du Clos-des-Parts, el otro escaparate da al patio por el que hay que pasar para acceder al café. A partir del colmado se suceden cuatro estancias: la cocina, el café, la bodega y un cobertizo al que llamamos «la habitación del fondo». Todas ellas se comunican entre sí y dan al patio (salvo la cocina, encajada entre el colmado y el café). Ninguna de las habitaciones de la planta baja es de uso privado, ni siquiera la cocina, por la que pasan a menudo los clientes para ir del colmado al café. El hecho de que no exista ninguna puerta entre el café y la cocina permite a mis padres estar en contacto con los clientes, y a estos disfrutar de la radio. De la cocina sale una escalera de caracol que conduce a una pequeña habitación abuhardillada que comunica con el dormitorio a la izquierda y con el granero a la derecha. En esta estancia se halla el orinal que utilizamos normalmente mi madre y yo, y que mi padre solo utiliza por la noche (durante el día, va, lo mismo que los clientes, al urinario situado en el patio, que consiste en un barril rodeado de unos tablones de madera). Nosotros utilizamos el retrete del jardín durante el verano, y los clientes durante todo el año.

Menos cuando hace bueno, que puedo instalarme fuera, leo y hago mis deberes en lo alto de la escalera, iluminada por una bombilla. Desde ahí puedo observarlo todo a través de los barrotes sin que nadie me vea.

El patio es una especie de camino ancho de tierra batida, que va desde la casa hasta unas construcciones que hacen las veces de almacén. Detrás de estas hay un cobertizo grande con unas conejeras, un lavadero, el retrete, un cercado con un gallinero y un pequeño espacio cubierto de hierba.

(Ahí es donde me encuentro, en una noche de finales de mayo o de principios de junio, antes de la escena. He acabado mis deberes, todo está en calma. Tengo una sensación de porvenir. La misma que tengo cuando, en mi habitación, canto en voz alta *México* y *Voyage à Cuba*, la que produce el hecho de tener toda la vida por delante.)

Cuando volvemos de la ciudad y vemos a lo lejos el colmado, que sobresale ligeramente en la calle, mi madre dice: «Ya estamos llegando al castillo». (Lo dice con tanto orgullo como mofa.)

Nuestra colmado está abierto durante todo el año, desde las siete de la mañana hasta las nueve de la noche sin interrupción, salvo los domingos por la tarde, en los que el colmado permanece cerrado hasta por la noche, y el café no vuelve a abrir hasta las seis. Las idas y venidas de los clientes, su modo de vida y su trabajo rigen nuestro horario, tanto en lo que se refiere al café (mundo masculino) como al colmado (mundo femenino). Por la tarde disfrutamos de un poco de paz en medio del continuo ajetreo del día. Mi madre aprovecha esos momentos para hacer su cama, rezar, coser algún botón, y mi padre para ocuparse de la huerta que tiene en arriendo cerca de casa.

Casi toda la clientela de mis padres procede de la parte baja de la Rue du Clos-des-Parts y de la Rue de la République, del barrio de Champ-de-Courses y de una zona medio rural, medio industrial, que se extiende más allá de la vía del ferrocarril, de la que forma parte el barrio de la Corderie, cuyo nombre le viene de una fábrica donde mis padres trabajaron cuando eran jóvenes y que después de la guerra pasó a ser un taller de confección y una fábrica de jaulas de pájaros. Este barrio consta de una sola calle, paralela a la vía de ferrocarril, que después de dejar atrás las fábricas desemboca en una planicie donde se encuentran apiladas cientos de tablas de madera destinadas a la fabricación de jaulas. Es el barrio de la familia: mi madre vivió en él desde la adolescencia hasta que se casó; su madre y tres de sus hermanos siguen viviendo allí. La casa en la que vive mi abuela con una de mis tías y su marido es lo que antes era la cantina y el vestuario de la cordelería: un barracón alzado de cinco habitaciones sin electricidad y con un suelo que resuena mucho. El día de Año Nuevo toda la familia se reúne en el barracón de mi abuela: los adultos se sientan alrededor de la mesa a beber y cantar, y los niños en la cama, apoyados contra la pared. Los domingos de mi primera infancia, mi madre solía llevarme a casa de mi abuela para que le diera un beso, y después a casa de mi tío Joseph, donde jugaba con mis primas al balancín gigante sobre las planchas de madera, a agitar la mano cuando veíamos pasar los trenes que iban hacia El Havre, o a *dirigirnos a los chicos* con los que nos encontrábamos. Creo que en 1952 solo muy de tarde en tarde íbamos a casa de mi tío.

Bajar desde el centro de la ciudad hasta el barrio del Clos-des-Parts, y después hasta el de la Corderie, es pasar también de una zona en la que se habla un buen francés a una en la que se habla mal, es decir, mezclado con más o menos *patois,* dependiendo de la edad, del oficio y del deseo de ascender del hablante. El *patois,* que aparece en un estado casi puro entre las personas mayores, como mi abuela, se limita a algunas expresiones y a la entonación entre las oficinistas.

Todo el mundo coincide en considerar el *patois* feo y anticuado, incluso los que lo emplean a menudo se justifican diciendo: «Sé perfectamente cómo hay que decirlo, pero así es más rápido». Hablar bien supone tener que hacer un esfuerzo, buscar otra palabra en lugar de la que surge de forma espontánea, adoptar una voz más suave, más precavida, como si se manipularan con ella objetos delicados. La mayoría de los adultos no considera necesario «hablar francés», pero piensan que es conveniente que lo hablen los jóvenes. Mi padre dice a menudo *«J'avions»* (yo teníamos) o *«J'étions»* (yo éramos), y cuando le regaño, pronuncia «Nosotros teníamos» con afectación, separando las sílabas, y después, con su tono habitual, añade: «Si te empeñas», expresando con esa concesión la poca importancia que tiene para él hablar bien.

En 1952 escribo en «buen francés» pero, como mis padres, digo probablemente *«d'où que tu reviens»* (de en que vuelvas) y *«je me débarbouille»* (me lavoteo), en lugar de «me lavo», porque nuestra forma de relacionarnos con el mundo es la misma y viene definida por los gestos que hacemos para sentarnos, reírnos, asir los objetos; por las palabras que prescriben lo que hay que hacer con el cuerpo y las cosas, por todas las formas de:

No *desperdiciar la comida* y disfrutarla al máximo: preparar pequeños trozos de pan al lado del plato para mojarlos en la salsa, tomar el puré demasiado caliente empezando por los bordes o soplarlo para que se enfríe, inclinar el plato para introducir la cuchara hasta el fondo o agarrarlo con las dos manos y sorber, beber agua para que la comida entre mejor.

Estar limpio sin *utilizar demasiada agua:* utilizar una sola jofaina para la cara, los dientes y las manos, y las piernas en verano, porque se ensucian, y *llevar ropa de colores sufridos.*

Matar y preparar los animales que comemos con gestos decididos: dar un puñetazo al conejo por detrás de las orejas, clavar unas tijeras abiertas en el pescuezo del pollo que mantenemos sujeto entre las piernas, cortar con un podón la cabeza del pato apoyada sobre el tajo.

Expresar el desdén de forma silenciosa: alzar los hombros, darse la vuelta y arrearse una fuerte palmada en el culo.

Por los gestos cotidianos que distinguen a las mujeres y a los hombres:

Acercarse la plancha a la mejilla para comprobar si está caliente, ponerse de rodillas para fregar el suelo o inclinarse con las piernas separadas para recoger la comida de los conejos, oler las medias y las bragas por la noche.

Escupirse en las manos antes de asir la pala, colocarse un cigarrillo detrás de la oreja para fumárselo luego, sentarse a horcajadas en la silla, cerrar la navaja con un chasquido y guardarla en el bolsillo.

Por las fórmulas de cortesía: «¡Hasta la vista!», «Siéntese, no le va a costar más caro».

Por las frases que unen de forma misteriosa el cuerpo con el futuro y con el resto del mundo: «Tienes una pestaña en la mejilla, piensa un deseo»; «Me pita el oído izquierdo, están hablando bien de mí», y por supuesto con la naturaleza, «Me duele el callo, va a llover».

Por las amenazas cariñosas o severas dirigidas a los niños: «Voy a arrancarte las orejas», «Baja de ahí o te doy un bofetón».

Por las bromas para rechazar los gestos de ternura: «Aguanta tú tu juventud, que la mía ya pasó», «Las caricias de perro dan pulgas», etcétera.

Debido al polvoriento color de las demoliciones y de las reconstrucciones que tuvieron lugar después de la guerra, a las películas y a los libros de texto en blanco y negro, a las pellizas y los abrigos oscuros, veo el mundo de 1952 de un color gris uniforme, como los antiguos países del Este. Y, sin embargo, había rosas, clemátides y glicinias que se desbordaban por las verjas del barrio, y vestidos azules con estampados rojos como el de mi madre. Las paredes del café estaban empapeladas con un papel de flores rosas. El domingo de la escena brilla el sol. Pero es un mundo ritual y silencioso, cuyos sonidos aislados, unidos a gestos o actividades conocidas por todos, indican la hora, la estación: el ángelus del hospicio que suena cuando los viejos se levantan y se acuestan, la sirena de la fábrica textil, los coches del día de mercado, los ladridos de los perros y el sonido sordo de la laya golpeando el suelo en primavera.

La semana se divide en «días de» definidos por hábitos colectivos y familiares, y por emisiones de radio. El lunes es un día muerto, el día de las sobras y del pan de la víspera, y también del *Crochet radiophonique* (Ganchillo radiofónico) transmitido por Radio-Luxemburgo. El martes es el día de la colada y de *Reine d'un jour* (Reina por un día). El miércoles, el día del mercado y del cartel de la próxima película del cine Leroy, de *Quitte ou double* (Abandona o redobla la apuesta). El jueves es el día libre, el día de *Lisette*. El viernes, el día del pescado; el sábado, el de la limpieza general y el de lavarse la cabeza. El domingo, el día de ir a misa, el rito más importante alrededor del cual se organizan todos los demás: cambiarse de muda, el estreno de un nuevo vestido, los pasteles del pastelero y la paga, las obligaciones y los placeres.

Todos los días de la semana, a las siete y veinte de la tarde, retransmiten *La famille Duraton*.

Y la vida se escalona en «edad de»:

hacer la primera comunión y recibir un reloj, hacerse la primera permanente las chicas y tener su primer traje los chicos,

tener la regla y el derecho a llevar medias,

edad de beber vino en las comidas familiares, de tener derecho a fumar un cigarrillo y de quedarse cuando se cuentan historias picantes,

de trabajar y de ir al baile,
de hacer el servicio militar,
de ver películas ligeras,
edad de casarse y de tener niños,
de vestirse de negro,
de dejar de trabajar,
de morir.

No se piensa en ello, se hace.

La gente no cesa de recordar. Las conversaciones siempre empiezan con frases como «antes de la guerra» y «durante la guerra». No hay una sola reunión familiar ni de amigos en la que no se evoque la derrota, la ocupación y los bombardeos; en la que no se participe en la reconstrucción de la epopeya, describiendo escenas de pánico o de horror, recordando el frío del invierno de 1942 y las sirenas de alarma, o imitando el ruido de los cohetes V2 en el cielo. El Éxodo suscita los relatos más líricos, concluidos normalmente con frases como: «En la próxima guerra me quedo en casa», u «Ojalá no tengamos que volver a ver nada parecido». En el café estallan disputas entre los intoxicados por los gases de combate de la guerra de 1914 y los prisioneros de 1939-1945, a los que califican de «enchufados».

Sin embargo, jamás se deja de invocar el *progreso* como una fuerza ineluctable a la que uno no puede ni debe resistirse, y cuyos signos se multiplican: el plástico, las medias de nailon, el bolígrafo, la Vespa, la sopa de sobre y la enseñanza para todos.

A los doce años vivía dentro de los códigos y las normas de ese mundo sin sospechar que pudieran existir otros.

El deber de todo buen padre era corregir y enderezar a los niños, malos por naturaleza. Estaban permitidos todo tipo de golpes, desde la «bofetada» hasta la «paliza». Eso no implicaba ni dureza ni maldad, siempre que los padres se esforzaran en mimar al niño en otros aspectos y en no sobrepasarse. Los padres solían terminar sus relatos sobre las faltas de sus hijos y el consiguiente castigo con un «¡Le hubiera dejado en el sitio!» lleno de orgullo, debido, por un lado, al hecho de haber infligido un castigo justo y, por otro, al de haberse resistido al exceso fatal de cólera, que sin embargo habría merecido tamaña maldad. Por miedo a «dejarme en el sitio», mi padre evitaba levantarme la mano e incluso regañarme, y dejaba ese papel a mi madre. *¡Sucia! ¡Desagradable! ¡Ya se encargará la vida de enderezarte!*

Todo el mundo vigilaba a todo el mundo. Era obligatorio conocer la vida de los demás para hablar de ella, y amurallar la tuya propia para que no hablaran de ella. Había que saber sonsacar a los demás pero sin dejarse sonsacar, y solo decir «lo que realmente se quería contar». La distracción favorita de la gente era verse los unos a los otros. Se iba a la salida de los cines y, por la noche, a la estación a ver llegar los trenes. El hecho de que hubiera gente junta era un motivo más que suficiente para unirse a ella. El desfile de antorchas la víspera del 14 de julio y el paso de la vuelta ciclista ofrecían la oportunidad de disfrutar tanto de ver la gente allí reunida como del espectáculo, y de volver a casa hablando sobre quién estaba allí y con quién iba. Se observaba el comportamiento de los demás, se analizaban las conductas hasta en sus más pequeños y ocultos detalles, y se ordenaban las señales, que acumuladas e interpretadas ayudaban a construir las historias de los otros. Novela colectiva a cuyo sentido general cada uno contribuía mediante un fragmento de relato, un detalle, y que, dependiendo de las personas reunidas en la tienda o alrededor de la mesa, podía resumirse en: «Es una buena persona», o «No vale demasiado».

Las conversaciones clasificaban los hechos y las actuaciones de la gente, su conducta, dentro de las categorías del bien y del mal, de lo permitido, incluso de lo aconsejable, o de lo inadmisible. No estaban nada bien vistos los divorciados, los comunistas, los que vivían en concubinato, las madres solteras, las mujeres que bebían, las que abortaban, las que habían sido rapadas durante la Liberación, las que no se ocupaban de la casa. Y se reprobaba, de manera más moderada, a las chicas que se quedaban embarazadas antes de casarse y a los hombres que *se divertían en el café (divertirse* era un privilegio de los niños y de la gente joven), así como la conducta masculina en general. Se alababa el tesón en el trabajo, capaz, si no de redimir una conducta, al menos de hacerla tolerable, «bebe, pero no es ningún vago». La salud era una cualidad, «no tiene salud» era una acusación y una señal de compasión. La enfermedad, fuera la que fuera, se hallaba confusamente unida a la culpa, como si se reprochara al enfermo haber bajado la guardia frente al destino. Pocas veces se concedía a los otros el derecho a estar enfermos con todas las de la ley, siempre se sospechaba que estaban demasiado *pendientes de sí mismos.*

En los relatos, la atrocidad surgía de una forma natural, incluso necesaria, como para poner a la gente en guardia contra una desgracia que, sin embargo, era difícil poder prevenir, ya fuera una enfermedad o un accidente. Por medio de un detalle se grababa en la mente de quien escuchaba una imagen de la que le resultaría imposible liberarse. «Se ha sentado encima de dos víboras.» «Se le está pudriendo un hueso en la cabeza.» En estos relatos casi siempre se insistía en el horror que acaecía en lugar del placer que se esperaba: unos niños juegan tranquilamente con un objeto brillante y este al final resulta ser un obús, etcétera.

Emocionarse con facilidad, ser *impresionable,* producía reacciones de sorpresa y de curiosidad. Era mejor decir: «Me ha dejado frío».

Se valoraba a las personas en función de su sociabilidad. Había que ser sencillo, franco y educado. Los niños hipócritas y los obreros con mal carácter transgredían la regla del correcto intercambio de palabras con los otros. Estaba mal visto buscar la soledad, bajo pena de pasar por un «insociable». El hecho de querer vivir solo —se despreciaba a los solteros y a las solteras—, de no hablar con nadie, se sentía como un rechazo hacia algo que era parte esencial de la dignidad humana: «*¡Viven como salvajes!*». También era mostrar abiertamente que uno no se interesaba por lo más interesante, es decir, por la vida de los demás, pues *carecía de buenas maneras*. Pero frecuentar a los vecinos y a los amigos con demasiada asiduidad, «estar siempre» en casa de fulano o de mengano, también era algo reprensible: indicaba falta de orgullo.

La urbanidad era el valor dominante, era el primer principio del juicio social. Consistía, por ejemplo, en:

Corresponder a una comida, a un regalo —observar estrictamente el orden de edad en las felicitaciones de Año Nuevo—, no *molestar* a la gente yendo a sus casas sin avisar y haciéndoles preguntas directas, no *hacer afrentas* rechazando una invitación o el dulce que te ofrecen, etcétera. La urbanidad permitía *estar a bien* con la gente y no dar pie a comentarios. No mirar dentro de las casas cuando se pasaba por el patio comunal no significaba que no se quisiera ver el interior, sino que no se quería que te pillaran intentándolo. Los saludos en la calle, los buenos días que se daban o se denegaban, la forma de llevar a cabo o de no llevar a cabo ese rito —con distancia o jovialidad, deteniéndose para estrechar la mano y decir algo, o, por el contrario, seguir caminando— eran objeto de una atención puntillosa, de apreciaciones: «No me habrá visto», o «Tendría prisa». No se perdona a quienes niegan la existencia de los demás no *mirando a nadie*.

Considerada como una barrera de protección, la urbanidad resultaba inútil entre marido y mujer, y entre padres e hijos, incluso era considerada como una hipocresía o una maldad. La rudeza, el mal humor y el hablarse a gritos constituían las formas habituales de la comunicación familiar.

Ser como todo el mundo era el objetivo general, el ideal que debía alcanzarse. La originalidad pasaba por excentricidad, incluso como la señal de *estar chiflado*. Todos los perros del barrio se llamaban *Toby* o *Boby*.

En el café-colmado vivimos en medio de la gente, que es como llamamos nosotros a la clientela. La gente nos ve comer, ir a misa, al colegio, nos oye cuando nos lavamos en un rincón de la cocina o cuando hacemos pis en el orinal. Esta exposición continua nos obliga a mostrar una conducta respetable (no hay que insultarse ni decir tacos, ni tampoco hablar mal de los demás), a no manifestar ninguna emoción, ya sea de alegría, de cólera o de tristeza, a disimular todo lo que pueda ser objeto de envidia o curiosidad, o *podría ser contado*. Sabemos muchas cosas sobre los clientes, sus recursos y su forma de vida, pero damos por sentado que ellos no deben de saber nada sobre nosotros o lo menos posible. Así, «delante de la gente» está prohibido decir cuánto ha costado un par de zapatos, quejarse de dolor de tripa o decir las notas que se han sacado en el colegio, de ahí la costumbre de arrojar un trapo sobre la tarta comprada en la pastelería, o la de deslizar debajo de la mesa la botella de vino cuando llega un cliente. De esperar a que no haya nadie para discutir. *Si no, ¿qué van a pensar de nosotros?*

Entre los artículos del código del perfecto comerciante que me conciernen se encuentran los siguientes:

Decir buenos días en voz alta y clara cada vez que entro o paso por el colmado o por el café.

Ser la primera en saludar a los clientes dondequiera que me los encuentre.

No repetir las historias que sé de ellos, ni hablar mal de ellos ni de otros comerciantes.

No decir nunca la recaudación del día.

No *darme aires, ni hacer ostentación de nada.*

Conozco muy bien el precio de no cumplir estas normas, «vas a hacer que perdamos clientes», y, como consecuencia, «que quebremos».

Al poner al desnudo las normas de mi mundo a los doce años, vuelvo a sentir la misma sensación de agobio y de encierro que ahora solo siento en los sueños. Las palabras con las que vuelvo a encontrarme son opacas, piedras imposibles de mover. Desprovistas de una imagen clara. Desprovistas incluso del significado que podría darme un diccionario. Son palabras sin trascendencia, que no hacen soñar, palabras que parecen materia. Palabras indisolublemente unidas a las cosas y a la gente de mi infancia, palabras de las que no puedo servirme. Tablas de la ley.

(Las palabras que me hicieron soñar en 1952 —*La reina de Golconda, El crepúsculo de los dioses, ice-cream, pampa*—, nunca tendrán peso, han conservado la ligereza y el exotismo de entonces, cuando solo hacían referencia a cosas desconocidas. Lo mismo que los adjetivos que plagaban las novelas femeninas, un aspecto *altanero*, un tono *desabrido, arrogante, altivo, sarcástico, acerbo,* adjetivos con los que no se me pasaba por la cabeza que cualquier persona real de mi entorno pudiera ser calificada. Creo que siempre intento escribir en esa lengua material de entonces, y no utilizar unas palabras y una sintaxis que nunca se me hubieran ocurrido en aquella época. Nunca conoceré el encanto de las metáforas, el júbilo del estilo.)

Apenas existían palabras para expresar los sentimientos. «Me quedé con un palmo de narices» expresaba la desilusión. «No me hace ni pizca de gracia», el descontento. «Qué pena me da» se decía tanto para el sentimiento que se experimentaba al dejar un poco de tarta en el plato como para la tristeza que se sentía al perder a un prometido. Y «volverse loca». El lenguaje de los sentimientos era el de las canciones de Luis Mariano y de Tino Rossi, el de las novelas de Delly y el de los folletines de *Le Petit Écho de la mode* y de *La Vie en fleurs*.

Reconstruiré ahora el universo del colegio privado católico, donde pasaba la mayor parte del tiempo y cuya influencia dominaba mi vida uniendo y confundiendo indisolublemente dos imperativos y dos ideales: la religión y el saber.

Yo era la única de la familia que iba a un colegio privado, pues mis primos y primas que vivían en Y. iban a la escuela pública, al igual que las niñas del barrio, a excepción de dos o tres mayores que yo.

El gran edificio de ladrillo rojo oscuro del internado ocupaba todo un lado de una calle silenciosa y oscura del centro de Y. Enfrente se hallaban las fachadas sin ventanas de unos almacenes que debían de pertenecer a Correos. No había ni una sola ventana en la planta baja, tan solo unas aberturas en lo alto para dejar pasar la luz, y dos puertas siempre cerradas. Por una de ellas, la que daba al patio interior cubierto, por el que se accedía a la capilla, las alumnas podían entrar y salir a sus anchas. En cambio, para entrar por la otra tenían que llamar a un timbre. Entonces les abría una monja y las hacía pasar a un pequeño recibidor, al que daban el despacho de la directora y el locutorio. Las ventanas del primer piso correspondían a las aulas y al pasillo. Las ventanas del segundo piso y los tragaluces de la parte superior del edificio, tapados con unas opacas cortinas blancas, correspondían a los dormitorios. Estaba prohibido mirar a la calle desde cualquiera de las ventanas.

A diferencia de la escuela pública, en la que, a través de las verjas, se veía jugar a las alumnas en un inmenso patio, en el internado no había nada que pudiera verse desde fuera. Existían dos patios de recreo. Uno, adoquinado y con un alto y frondoso árbol que no dejaba pasar el sol, estaba reservado para las alumnas poco numerosas de la sección llamada «escuela libre», formada por las huérfanas de un establecimiento situado al lado del ayuntamiento y por las niñas cuyos padres carecían de medios para pagar la factura del externado. Les daba clase una única profesora, desde los cursos elementales hasta el primer curso de bachillerato, al que pocas veces accedían, pues pasaban directamente a la «enseñanza doméstica». El otro patio, grande y soleado, el de las alumnas de pago del internado propiamente dicho —hijas de comerciantes, de artesanos y agricultores—, se extendía por delante de todo el refectorio y del patio cubierto que había que atravesar para acceder a las aulas situadas en el primer piso. Por un lado, estaba limitado por la capilla de cristales enrejados; y por el otro, por un muro, a ambos lados del cual se encontraban los retretes, siempre sucios. Al fondo del patio, paralela al edificio del internado, había una avenida de frondosos tilos, debajo de los cuales las pequeñas jugaban a la rayuela y las mayores repasaban los exámenes. Detrás de la avenida había una huerta con árboles frutales, cuyo límite —un alto muro— solo se veía en invierno. Los dos patios se comunicaban por medio de una abertura sin puerta situada en el muro de los retretes. La veintena de alumnas de la escuela libre y las ciento cincuenta o doscientas del internado solo se veían en las fiestas y el día de la primera comunión, pero nunca se hablaban. Las niñas del internado reconocían a las de la escuela libre por la ropa, que a veces era la suya pero desgastada, pues sus padres solían dársela a esas niñas necesitadas.

Los únicos hombres que tenían derecho a entrar en el colegio privado eran los sacerdotes y el jardinero, que siempre estaba en los sótanos o en el jardín. Los trabajos que exigían la presencia de obreros dentro del colegio se hacían durante las vacaciones de verano. La directora y más de la mitad de las profesoras eran religiosas, iban vestidas con ropa de calle de color negro, azul marino o marrón y se hacían llamar «señoritas». Las otras profesoras eran solteras, algunas muy elegantes, y pertenecían a la burguesía comerciante de la ciudad.

Estas eran algunas de las normas que debían ser observadas estrictamente:

Ponerse en fila dentro del patio interior en cuanto suena la primera campanada, que las profesoras se turnan para tocar, y subir a las clases en silencio a la segunda campanada, que suena cinco minutos más tarde.

No apoyar la mano en el pasamanos de la escalera.

Levantarse cuando una maestra, un sacerdote o la directora entra en la clase, permanecer de pie hasta que se van, salvo que hagan algún gesto para que nos sentemos, apresurarse a abrirles la puerta y cerrarla tras ellos.

Cada vez que nos dirigimos a las maestras o que pasamos por delante de una de ellas, bajar la cabeza y los ojos, como hacemos en la iglesia delante del Santísimo Sacramento.

Está terminantemente prohibido que las externas y las internas suban a los dormitorios durante el día. Es el lugar más prohibido del internado. De hecho, nunca entré en ellos mientras estuve en el colegio.

A no ser que se tuviera un certificado médico, estaba prohibido ir a los retretes fuera de los recreos. (Recuerdo que en 1952, el primer día de clase después de las vacaciones de Semana Santa me entraron ganas de ir al retrete nada más empezar la clase. Me aguanté hasta el recreo, sudando, a punto de desmayarme, aterrorizada ante la idea de hacerme caca en las bragas.)

La enseñanza y la religión no están separadas ni en el espacio ni en el tiempo. Todo, menos el patio de recreo y los retretes, son lugares de oración: la capilla, por supuesto; las aulas, con el crucifijo en la pared, encima de la mesa de la maestra; el refectorio y el jardín, donde, en el mes de mayo, rezamos el rosario delante de una estatua de la Virgen colocada sobre un pedestal y situada al fondo de una gruta de hojarasca que imita a la de Lourdes. Todas las actividades escolares empiezan y acaban con una oración. Rezamos de pie, detrás del banco, con la cabeza baja y los dedos cruzados, y, al principio y al final de cada oración, hacemos la señal de la cruz.* Las oraciones más largas inician las clases de la mañana y las de la tarde. A las ocho y media rezamos el «Padre nuestro que estás en los cielos», el «Dios te salve María», el «Creo en Dios Todopoderoso», el «Yo confieso ante Dios», los «Actos de fe, de esperanza, de caridad, de contrición», y a veces el

* Que se efectúa llevándose la mano derecha a la cabeza, luego al pecho y por último al hombro izquierdo y al hombro derecho, a ser posible sosteniendo con los dedos la cruz del rosario, que se besa al final.

«Acuérdate, ¡oh piadosísima Virgen María». A la una y media de la tarde rezamos el padrenuestro y diez avemarías. Las oraciones más breves, a menudo sustituidas por un cántico, se rezan al volver a clase después del recreo, y al salir de clase por la mañana y por la noche. A las internas les toca rezar el doble, desde que se levantan hasta que se acuestan.

La oración es el acto fundamental de la vida, el remedio individual y universal. Hay que rezar para ser mejor, para alejar la tentación, para aprobar las matemáticas, para que se curen los enfermos y se conviertan los pecadores. Todas las mañanas, desde el parvulario, se comenta el mismo libro, el catecismo. La enseñanza religiosa ocupa el primer lugar dentro del boletín de notas. Por la mañana ofrecemos el día a Dios y todas nuestras actividades van dirigidas a Él. El fin último de la vida es estar siempre en «estado de gracia».

El sábado por la mañana, una de las alumnas mayores va por todas las clases recogiendo los billetes de confesión (un papel en el que escribimos nuestro nombre y la clase a la que pertenecemos). Por la tarde se pone en marcha una cadena perfectamente organizada: la niña que acaba de confesarse en la sacristía recibe del confesor un papelito con el nombre de la niña a la que quiere ver y oír. Ella lo lleva a la clase indicada, dice el nombre de la niña en voz alta, y esta se levanta y se dirige a su vez a la capilla. El respeto a las prácticas religiosas parece ser mayor que el respeto al saber: «Se puede tener diez en todas las asignaturas y que Dios no esté contento contigo». Al final de cada trimestre el arcipreste de la iglesia, acompañado de la directora, daba una estampa muy grande a las mejores alumnas y una más pequeña a las demás. Todas ellas firmadas y fechadas en el dorso.

El tiempo escolar se inscribe en otro tiempo, el del misal y el Evangelio, que determina el tema de la enseñanza religiosa cotidiana que precede al dictado: tiempo de Adviento, de Navidad —durante el cual se instala cerca de la ventana de la clase un belén con figuritas que permanece allí hasta la Candelaria—, tiempo de Cuaresma, dividido en domingos de septuagésima, sexagésima, etcétera, tiempo de Pascua, de la Ascensión y de Pentecostés. Cada año, cada día, el colegio privado nos hace revivir la misma historia, manteniendo así una especie de familiaridad entre nosotras y toda una serie de personajes invisibles y omnipresentes, ni muertos ni vivos, como los ángeles, la Virgen María y el Niño Jesús, cuyas vidas conocemos mejor que las de nuestros abuelos.

(No puedo evitar utilizar el presente cuando enuncio y describo las normas de este universo, como si estas continuaran siendo tan inmutables como lo eran para mí a los doce años. Como tampoco puedo evitar un sentimiento de horror ante la coherencia y la fuerza de aquel universo. Sin embargo, debía de vivir muy tranquila en él, sin desear otra cosa: sus leyes se hallaban inmersas e invisibles en aquel olor dulzón a comida y a cera que había en las escaleras, en el rumor de los recreos, en el silencio roto por las escalas musicales de una clase de piano.

Y debo admitir lo siguiente: nada puede cambiar el hecho de que, hasta mi adolescencia, el creer en Dios fuera para mí lo único normal, y la religión católica la única verdad. Por mucho que lea *El ser y la nada*, y me parezca divertido que en el *Charlie Hebdo* llamen a Juan Pablo II el «travestí polaco», no puedo evitar que en 1952 creyera estar viviendo en pecado mortal desde el día de mi primera comunión, porque, antes de tragarme la Sagrada Forma, la había deshecho con la punta de la lengua, pues se me había pegado al paladar. Estaba convencida de haber destruido y profanado lo que entonces era para mí el cuerpo de Dios. La religión era la forma de mi existencia. Creer y la obligación de creer eran lo mismo.)

Nosotros pertenecemos al mundo de la verdad y de la perfección, al de la luz. El otro mundo es aquel en el que no se va a misa, en el que no se reza, el mundo que está en el error y cuyo nombre solo se pronuncia en raras ocasiones, como un latigazo, como una blasfemia: la escuela laica. («Laico» no tenía entonces para mí un significado concreto, era un sinónimo confuso de «malo».) Todo está pensado para que nuestro mundo permanezca separado del otro. No decimos «cantina», sino «refectorio»; no decimos «perchero», sino «colgador». «Camaradas» y «maestra» suenan un poco a laico, es mejor decir «mis compañeras» y «señorita», y llamar a la directora «querida hermana». Ninguna profesora tutea a sus alumnas, y en el parvulario se llama de «usted» a las niñas de cinco años.

La abundancia de fiestas distingue también a la escuela privada de la otra. A lo largo del año se dedica una parte importante del tiempo escolar a la preparación de numerosos espectáculos: en Navidad se organiza en el patio cubierto una función por todo lo alto solamente para las alumnas, que se vuelve a repetir para los padres durante dos domingos del mes de enero. En abril se celebra la fiesta de las Antiguas en el cine-teatro de la ciudad y se organizan varias representaciones para los padres en las tardes siguientes. En junio es la fiesta de la Juventud de los colegios cristianos, en Ruan.

La más famosa de las festividades es la de la parroquia, a principios de julio, y a la que precede un desfile por las calles de la ciudad de todas las alumnas disfrazadas. Con sus niñas-flor, sus escuderos y sus damas de antaño cantando y bailando, el colegio privado despliega su poder de seducción ante la multitud reunida en las aceras, y demuestra su imaginación y su superioridad sobre la escuela pública, cuyas alumnas han desfilado la semana anterior hasta el hipódromo vestidas con unos sencillos uniformes de gimnasia. La fiesta asegura el triunfo del colegio privado.

Su preparación convierte en lícito todo aquello que normalmente está prohibido: ir a la ciudad para comprar tela o repartir invitaciones por los buzones, abandonar el aula en mitad de la clase para ir a ensayar un papel... Así, aunque está prohibido ir al colegio en pantalón sin una falda por encima, las pequeñas, vestidas con un tutú, exhiben sobre el escenario sus muslos desnudos y sus bragas, y las mayores, su pecho escotado y el vello de las axilas. El sexo masculino se halla presente bajo la turbadora forma de niñas disfrazadas de chicos que besan las manos y hacen declaraciones de amor.

En la fiesta de Navidad de 1951, soy una «hija de La Rochelle» y canto delante del público junto con otras dos o tres alumnas, sin moverme, con un barco en los brazos. Tenía que haber sido uno de los «tres jóvenes tamborileros que venían de la guerra», pero la monja encargada de los ensayos me echó porque no era capaz de seguir el paso. En abril de 1952, en la fiesta de las Antiguas, hice de portadora de ofrendas a una joven muerta, en un cuadro griego. Yo tenía que estar con las manos abiertas y con todo el cuerpo inclinado hacia delante, apoyado en una pierna. Lo recuerdo como un suplicio, y no puedo olvidar el deseo de dejarme caer sobre el suelo del escenario. En los dos papeles represento a figuras estáticas, debido probablemente a esa falta de gracia que atestiguan las fotos.

Se fomenta todo lo que refuerza este mundo, y se denuncia y se vilipendia todo lo que lo amenaza. Está bien visto:

Ir a la capilla durante los recreos.

Hacer la comunión privada a los siete años y no esperar a la comunión solemne como las niñas de la escuela laica.

Unirse a las «Cruzadas», una asociación que tiene como fin convertir al mundo y que representa el más alto grado de la perfección religiosa.

Llevar siempre un rosario en el bolsillo.

Comprar la revista *Âmes vaillantes.*

Tener el *Misal diario y vesperal* del padre Lefebvre.

Decir que se reza «la oración de la noche en familia» y que se quiere ser monja.

Está mal visto:

Llevar a clase libros y periódicos que no sean obras religiosas o *Âmes vaillantes.* La lectura es objeto de sospecha, debido a la existencia de «libros malos» que, dado el temor y el recelo que suscitan, y la mención que se hace de ellos en el examen de conciencia de antes de la confesión, deben de ser temibles y mucho más numerosos que los buenos. Los libros que se distribuyen el día de los premios, suministrados por el librero católico de la ciudad, no son para leer sino para enseñarlos. Edifican, pues, con solo mirarlos. *La Biblia contada a los niños, El general De Lattre de Tassigny* y *Hélène Boucher* son algunos de los títulos que recuerdo.

Tener trato con las niñas de la escuela laica.

Ver otras películas que no sean las que ponen en el colegio *(Juana de Arco, Monsieur Vincent, El párroco de Ars)*. En la puerta de la iglesia se encuentra la clasificación del Oficio católico, que ordena las películas según su grado de peligrosidad. Cualquier chica que fuera vista a la salida de una película proscrita sería expulsada de inmediato del colegio.

Es totalmente impensable leer fotonovelas e ir al baile público de la Sala de los Postes los domingos por la tarde.

Pero jamás se tiene la sensación de un orden coercitivo. La influencia de la ley se ejerce de forma suave, *familiar;* por ejemplo, a través de la sonrisa aprobadora de la «señorita» con la que nos cruzamos por la calle y a la que saludamos con deferencia.

En las calles del centro de la ciudad, una vigilancia generalizada por parte de los padres de las alumnas (tarde o temprano las monjas acaban enterándose de cualquier detalle referente al comportamiento de las alumnas y a las personas que frecuentan) preserva la excelencia del colegio privado y su función selectiva. Decir «mi hija va al internado» —y no simplemente a la «escuela»— establece una diferencia entre la gente que se mezcla con todo el mundo y la que pertenece a un medio único, especial.

Naturalmente se daba por supuesto que en el internado no había ni ricas ni pobres, tan solo «una gran familia católica».

(No puedo evitar seguir asociando la palabra *privado* con la carencia y el miedo, con lo cerrado.

Incluso cuando se habla de *vida privada*. Escribir es algo público.)

En este mundo de la excelencia se me reconoce como excelente y me aprovecho de la libertad y de los privilegios que me confiere el hecho de ser la primera de la clase. Responder antes que las demás, ser elegida para explicar la solución de un problema, para leer, porque tengo buena entonación, me asegura un bienestar general en la clase. No soy ni demasiado aplicada ni demasiado estudiosa, y hago mis deberes de forma descuidada, pues siempre deseo acabar cuanto antes. Ruidosa y habladora, me permito el placer de comportarme como una mala estudiante sin serlo, pero, al mismo tiempo, gracias a mis buenas notas evito que las otras alumnas se muestren distantes conmigo.

En 1951-1952 estoy en séptimo —el equivalente al último año de la escuela primaria pública—. Mi profesora es la señorita L., cuya capacidad para sembrar el terror es conocida por todas las alumnas antes incluso de tenerla como maestra. Ya desde que estábamos en el curso anterior la oíamos vociferar constantemente a través de la pared y golpear los pupitres con su regla. Cuando salimos al mediodía y por la tarde, es la encargada (tal vez debido a su potente voz) de llamar en voz alta a las pequeñas del jardín de infancia, sentadas en el porche del patio, a medida que sus padres van llegando a recogerlas. Es bajita —a principio de curso ya soy más alta que ella—, nerviosa, de edad indefinida, con un moño gris, la cara redonda y unas gafas de aumento que le hacen los ojos enormes. En invierno, como todas las demás religiosas que van vestidas de calle, lleva una esclavina de rayas azules y negras encima de la blusa. En las clases en las que no es necesario escribir nos obliga a mantener los brazos cruzados detrás de la espalda, la cabeza alta y la mirada al frente. Nos amenaza sin cesar con mandarnos a una clase de un curso inferior, y nos obliga a quedarnos después de la clase hasta que encontramos la solución a un problema. Solo las historias de Dios, de los mártires y de los santos la ablandan hasta el punto de hacerla llorar. El resto, la ortografía, la historia y las matemáticas, lo enseña sin amor, con rigor y con violencia, y lo aprendemos con sufrimiento para poder aprobar el examen diocesano, organizado por el episcopado, que equivale a entrar en el primer año de secundaria de la escuela pública. Los padres la temen y la elogian por ejercer una dureza totalmente ecuánime. A las alumnas les enorgullece decir que se encuentran en la clase de la profesora más terrible del colegio, lo mismo que se enorgullecerían de un martirio soportado sin rechistar. Esto no impide que se utilicen con ella los medios habituales para burlar a la autoridad, como hablar con la mano delante de la boca o con la tapa del pupitre levantada, escribir una palabra en una goma y pasarla, etcétera. La clase responde de vez en cuando a sus gritos y exigencias con una oleada de inercia, que nace entre las que tienen más problemas en seguirla y alcanza a las más deseosas de complacerla. A veces se echa a llorar en su despacho y se niega a seguir dando clase hasta que no vayamos a pedirle perdón una por una.

No me planteo la cuestión de si me gusta o no la señorita L. En mi entorno no conozco a nadie más instruido que ella. No es una mujer como las clientas de mi madre o mis tías, sino la encarnación de la ley, capaz de garantizarme cada vez que me sé la lección, cada vez que saco cero faltas, la excelencia de mi ser escolar. Con ella compito más que con mis compañeras: deseo saber al final de curso todo lo que ella sabe (idea vinculada, durante mucho tiempo, a la creencia de que cada profesor no sabe más de lo que nos enseña, de ahí también el inmenso respeto y el miedo que nos inspiran las profesoras de las «clases de las mayores» y la condescendencia que sentimos hacia las que hemos dejado atrás y, por lo tanto, superado). Cuando me prohíbe responder para dar tiempo a las demás a encontrar la respuesta, o cuando me hace explicar un análisis lógico, me sitúa de su lado. Me tomo su obstinación por perseguir mis imperfecciones escolares como una forma de hacer que acceda a su propia perfección. Un día me reprochó la forma de mis «m», cuyo primer trazo doblo hacia dentro como si fuera la trompa de un elefante, diciéndome de forma burlona que «resultaba algo viciosa». Enrojecí sin decir nada. Sabía lo que ella quería decirme, y ella sabía que yo lo sabía: «Dibuja usted la "m" como si fuera el sexo de un hombre».

Ese verano le mandé una tarjeta postal desde Lourdes.

(A medida que me adentro en el universo escolar de aquel año, el sentimiento de extrañeza que experimento delante de la foto de la comulgante va disminuyendo. El rostro serio, la mirada directa, la sonrisita, que probablemente expresa más superioridad que tristeza, pierden su opacidad. El «texto» aclara la foto, que, a su vez, ilustra el texto. Distingo en la foto a la pequeña y aplicada alumna del internado, dotada de poder y de certezas en un universo que para ella es la verdad, el progreso y la perfección, y donde nunca se imagina poder desmerecer.)

(He conseguido «volver a ver» la clase desde el lugar donde me sentaba a partir más o menos de finales de diciembre: a la izquierda de la primera fila —tomando como punto de referencia la mesa de la señorita L.—. Me siento sola en un pupitre para dos pegado a otro idéntico, ocupado por Brigitte D., que tiene la frente abombada y los cabellos negros y ondulados. Si me giro un poco, puedo ver el aula: hay zonas que distingo claramente, en ellas se agitan diferentes figuras que, sin embargo, me resultan imposibles de definir, rostros de los que podría dar numerosos detalles: el tipo de peinado que los enmarcan, los labios —agrietados los de Françoise H., blandos los de Rolande C.—, el cutis —con pecas el de Denise R.—, pero que no puedo recordar en su totalidad. Oigo sus voces, algunas frases, a menudo incongruentes, con las que las relacionaré para siempre en mi memoria: «¿Sabes hablar javanés?», pregunta Simone D. Hay también zonas sombrías, en las que cualquier identificación me resulta imposible, pues he olvidado los nombres.)

Para mí existían otras clasificaciones además de la del boletín de notas: clasificaciones que, cuando se vive en grupo, se van elaborando a lo largo de los días y se traducen en un «me gusta» o un «no me gusta» tal niña. En primer lugar está la división entre las «creídas» y las «no creídas», entre «las que se creen algo», porque las eligen para bailar en las fiestas y veranean en el mar, y las otras. Ser «creída» es un rasgo físico y social que poseen las más jóvenes y las más agraciadas, las que viven en el centro de la ciudad y cuyos padres son representantes o comerciantes. En la categoría de las no creídas figuran las hijas de los agricultores, internas o mediopensionistas, que vienen en bicicleta del campo, suelen ser de las mayores y a menudo repiten curso. A nadie impresiona todo aquello de lo que podrían alardear, sus tierras, sus tractores y sus empleados, como tampoco, por otra parte, nada de lo relacionado con el campo. Todo lo que tiene que ver con el «campo» es despreciado. «¡Te crees que estás en una granja o qué!» era un insulto típico de entonces.

Otra clasificación, obsesiva, es la que de octubre a junio jerarquiza de forma visible los cuerpos hasta entonces uniformemente infantiles. Están las bajas, de muslos menudos bajo las faldas cortas, con pasadores y cintas en el cabello; y las altas, sentadas al fondo de la clase, a menudo de más edad. Espío los cambios que experimentan, tanto físicos como en su forma de vestir, las blusas que se inflan, las medias que se ponen para salir los domingos. Intento adivinar la presencia de una compresa bajo el vestido. Busco su compañía para aprender algo sobre los temas sexuales. En un mundo donde ni los padres ni las profesoras pueden mencionar lo que se considera un pecado mortal, donde hay que estar al acecho de las conversaciones de los adultos para intentar descubrir una mínima parte del secreto, solo las mayores pueden servirnos de iniciadoras. Sus cuerpos son en sí mismos una fuente muda de conocimiento. Recuerdo que, en una ocasión, una de ellas me dijo: «Si fueras interna, te enseñaría en el dormitorio mi compresa llena de sangre».

El aspecto de jovencita que tengo en la foto de Biarritz es una engañifa. En la clase de la señorita L. soy una de las más altas, pero tengo el pecho plano y no se observa en mí ninguna señal de desarrollo. Aquel año estaba impaciente por que me viniera la regla. Cuando veo a una chica por primera vez, me pregunto si ya tendrá la regla. Me siento inferior por no haberla tenido. Durante el último curso de primaria, la desigualdad a la que soy más sensible es, probablemente, la de los cuerpos.

Intentaba parecer mayor. De no haber sido porque mi madre me lo prohibía y el colegio lo condenaba, a los once años y medio hubiera ido a misa con medias y zapatos de tacón y con los labios pintados. A lo único a lo que tenía derecho para parecer mayor era a hacerme la permanente. En la primavera de 1952, mi madre accedió a comprarme por primera vez un par de vestidos que marcaban las caderas y unos zapatos con algunos centímetros de tacón. Me negó, sin embargo, el cinturón negro, ancho y elástico, que se abrochaba con dos corchetes metálicos y que, aquel verano, acentuaba la cintura y las nalgas de todas las chicas y mujeres. Recuerdo el lacerante deseo de tener aquel cinturón y cómo lo eché de menos durante todo el verano.

(Si hago un inventario rápido de 1952, además de las imágenes, recuerdo *Ma p'tite folie, México,* el cinturón elástico negro, el vestido de crespón azul con flores rojas y amarillas de mi madre y un estuche de manicura de plástico negro, como si el tiempo solo pudiera medirse a través de los objetos. La ropa, los anuncios, las canciones y las películas que surgen y desaparecen en un año, incluso en una estación, aportan un poco de certeza a la cronología de los deseos y de los sentimientos. El cinturón elástico negro fecha de manera evidente el despertar del deseo de gustar a los hombres, del que hasta entonces no encuentro ninguna huella; y la canción *Voyage à Cuba,* el sueño de amor y países lejanos. Proust viene a decir más o menos lo mismo, que nuestra memoria se encuentra fuera de nosotros, en una ráfaga de lluvia o en el olor de la primera fogata del otoño, en todos esos elementos de la naturaleza que aseguran, con su retorno, la permanencia de la persona. A mí —como quizás a todos los de mi época cuyos recuerdos se hallan unidos a la canción de un verano, a un cinturón de moda, a cosas destinadas a desaparecer—, la memoria no me aporta ninguna prueba de mi permanencia o de mi identidad. Al contrario, me hace sentir y me confirma mi fragmentación e historicidad.)

Por encima de mi clase, como en un universo inaccesible, estaban las auténticas «mayores», que era como llamaba la institución a las alumnas del primer curso de secundaria de filosofía. Las mayores de las mayores cambiaban de aula entre clase y clase y las veíamos pasar por los pasillos con sus abultadas carpetas. Sus aulas eran silenciosas, no jugaban, se dedicaban a hablar en pequeños grupos, apoyadas en el muro de la capilla o bajo los tilos. Creo recordar que no les quitábamos el ojo de encima y que ellas, en cambio, jamás nos miraban. Eran la imagen que nos hacía aspirar a llegar a lo más alto del colegio y de la vida. Debido a sus cuerpos de mujeres jóvenes, a sus conocimientos sobre cualquier materia, desde el álgebra al latín, cuya extensión y misterio dejaba entrever la entrega de los premios, yo estaba convencida de que no podían hacer otra cosa más que despreciarnos. Entrar en una de las últimas clases de secundaria para llevar un billete de confesión me producía terror. Sentía cómo todas las miradas se volvían hacia mi ridículo ser de alumna todavía de primaria que osaba perturbar el majestuoso desarrollo del saber. Una vez fuera, me sorprendía que no me hubieran recibido con un clamor ensordecedor de risas y de silbidos. No sospechaba que a algunas de las mayores les costaba seguir las clases y que repetían y hasta triplicaban algún curso. Pero aunque lo hubiera sabido, aquello no hubiera quebrantado mi certeza de su superioridad: incluso esas alumnas sabían mucho más que yo.

Aquel año me esforzaba por ver, antes del inicio de las clases de la tarde, a una de las de cuarto, la buscaba con la mirada entre las alumnas de su fila. Era menuda, con la cintura estrecha, los cabellos negros y rizados hasta los hombros ocultaban su frente y sus orejas, y tenía el rostro redondo y blanquecino, dulce. Quizá me había fijado en ella porque llevaba los mismos botines de cuero rojo con cremallera que yo, cuando la moda era llevar botas de caucho negro. La idea de que ella pudiera fijarse en mí y dirigirme la palabra nunca se me pasó por la cabeza. Me gustaba mirar su cabello, sus pantorrillas redondas y desnudas, atrapar al vuelo sus palabras. Solo quise saber su nombre y apellido, y la calle en la que vivía: Françoise Renout o Renault, carretera de El Havre.

Creo que yo no tenía amigas en el colegio privado. No iba a casa de ninguna de mis compañeras, ni ninguna venía a la mía. Fuera del colegio solo nos frecuentábamos si seguíamos el mismo itinerario de casa al colegio. Solo existían las amistades del camino del colegio. Yo hacía parte del mío con Monique B., la hija de unos agricultores de los alrededores, que dejaba su bici por la mañana en casa de una tía suya muy anciana —con la que comía al mediodía— y volvía a cogerla por la noche. Era tan alta y estaba tan poco desarrollada como yo, tenía las mejillas llenas y los labios gruesos, en cuyas comisuras a menudo se veían rastros de comida. Se preocupaba mucho por sus estudios, pero obtenía unos resultados muy mediocres. Cuando pasaba a recogerla a la una por casa de su tía, lo primero que hacíamos era contarnos lo que acabábamos de comer.

Al ser la única de la familia y del vecindario que iba al colegio privado, yo no tenía, fuera de clase, ninguna complicidad con nadie.

(Recuerdo un juego con el que me entretenía las mañanas que no tenía colegio, cuando me quedaba en la cama hasta el mediodía. En el dorso en blanco de un montón de postales antiguas que me ha dado una señora mayor escribo el nombre y el apellido de una niña. No escribo ninguna dirección, tan solo el nombre de una ciudad, que es siempre la que aparece en la postal. Tampoco escribo nada en la parte destinada al texto. Extraigo los nombres y los apellidos de *Lisette*, de *Le Petit Écho de la mode* o de *Les Veillées des chaumières,* y me impongo la obligación de escribirlos en las postales según el orden de aparición en el periódico. Tacho los nombres para escribir otros y continuar con el juego. Siento un placer infinito —mezclado con un poco de deseo sexual— al inventarme decenas de destinatarias. A veces, muy pocas veces, me dirijo una postal a mí misma, también en blanco.)

Dicen de mí, «para ella el colegio lo es todo».

Mi madre es el relevo de la ley religiosa y de las prescripciones del colegio. Va a misa varias veces por semana, a vísperas en invierno, a la exposición del Santísimo, al sermón de Cuaresma y al vía crucis del Viernes Santo. Para ella, las procesiones y las demás festividades religiosas han sido, desde su juventud, ocasiones honestas para salir y mostrarse bien vestida y en buena compañía. Muy pronto comenzó a llevarme con ella (recuerdo una larga marcha para ir a buscar la estatua de Notre-Dame de Boulogne a la carretera de El Havre), y me proponía ir a una procesión o a visitar Notre-Dame de Bonsecours como si se tratara de un paseo por el bosque. Por la tarde, cuando no tiene clientes, se sube a la cama para arrodillarse a los pies de esta, delante del crucifijo que cuelga de la pared. En la habitación que comparto con mis padres hay, enmarcados, una gran fotografía de santa Teresa de Lisieux, una reproducción de la Santa Faz y un grabado del Sagrado Corazón, también hay dos estatuillas de la Virgen encima de la chimenea, una de ellas es de alabastro y la otra está cubierta con una pintura especial de color naranja que la hace brillar en la oscuridad. Por la noche, mi madre y yo rezamos desde nuestras camas, alternándonos, las mismas oraciones que ya he rezado por la mañana en el colegio. Los viernes nunca comemos carne ni embutidos. La peregrinación de un día a Lisieux en autobús —con misa y comunión en el Carmelo, visita a la basílica y a los Buissonnets, casa natal de la santa— es la única excursión que hacemos todos juntos en verano.

Al acabar la guerra, mi madre fue sola a Lourdes con la peregrinación diocesana, como acción de gracias a la Virgen por habernos protegido durante los bombardeos.

Para mi madre, la religión forma parte de todo lo que es *elevado,* como el saber, la cultura y la buena educación. La elevación, a falta de instrucción, empieza por ir con frecuencia a misa: escuchar el sermón es una forma de *ensanchar el espíritu.* Pero ella está por encima de los preceptos y de las miras del colegio privado, transgrede, por ejemplo, sus prohibiciones en materia de lectura (compra y lee una gran cantidad de novelas y periódicos que luego me pasa), y rechaza sus exhortaciones al sacrificio y a la sumisión, perjudiciales para el éxito. Teme que me aliste en el círculo recreativo juvenil y en las Cruzadas, y que un exceso de instrucción religiosa disminuya las horas dedicadas al cálculo y a la ortografía. La religión debe ser solo un coadyuvante en la instrucción, no sustituirla. Le disgustaría que me hiciera religiosa, pues frustraría sus esperanzas.

La conversión del mundo no le interesa o no le parece oportuna para una comerciante, se limita a hacer un comentario sonriente a las chicas del barrio que dejan de ir a misa. La religión de mi madre, configurada por su historia de obrera de fábrica y adaptada a su personalidad violenta y ambiciosa y a su trabajo, es:

Una práctica individualista, un medio de poner la suerte de su parte para garantizarse así la vida material.

Una elección que la distingue del resto de la familia y de la mayoría de la gente del barrio.

Una reivindicación social, la posibilidad de mostrar a las desdeñosas burguesas del centro de la ciudad que una antigua obrera puede valer más que ellas por su piedad y su generosidad en la iglesia.

El marco de un deseo generalizado de perfección, de realización de sí misma, del que forma parte mi propio futuro.

(Me parece imposible agotar el significado y el papel que la religión tiene en la vida de mi madre. Para mí, en 1952, mi madre *era* la religión. Enmendaba la ley del colegio privado haciéndola todavía más exigente. Algunas de las normas que más me repite son: *toma ejemplo* —de la educación, de la amabilidad, o de la aplicación de tal o cual compañera— pero *no copies* —los defectos de tal otra—. Sobre todo, *da ejemplo* —de educación, de trabajo, de buenos modales, etcétera—. Y *¿qué pensarán de ti?)*

Los periódicos y las novelas que mi madre me da para leer, además de los libros de la Biblioteca verde, nunca van en contra de las normas del colegio privado. Todos ellos, *Les Veillées des chaumières, Le Petit Écho de la mode,* las novelas de Delly y de Max du Veuzit, cumplen la condición sin la cual una lectura no se considera autorizada, *la de poder caer en cualquier mano.* En la cubierta de algunos de estos libros figura la etiqueta de «Obra premiada por la Academia Francesa», lo que demuestra que no solo responden a las exigencias de la moral, sino que además poseen interés literario. A los doce años ya poseo los primeros volúmenes de la colección *Brigitte* de Berthe Bernage, que son unos quince. En ellos se relata, en forma de diario, la vida de Brigitte, prometida, casada, madre y abuela. Al final de mi adolescencia tendré toda la colección. La autora escribe en el prólogo de *Brigitte jovencita:*

> Brigitte duda y se equivoca, pero siempre vuelve al camino recto (...) porque la historia pretende ser

verosímil. Porque, aunque es cierto que un alma sensible, un alma educada, fortalecida por los buenos ejemplos, las sabias enseñanzas, una sana herencia —y por la disciplina cristiana—, puede experimentar la tentación de «hacer como los demás» y sacrificar el deber al placer, esta alma siempre acabará eligiendo el camino del deber por duro que sea (...) La auténtica mujer francesa es y continuará siendo una mujer amante de su hogar y de su país. Y, sobre todo, una mujer que reza.

Brigitte encarna el modelo de la joven modesta que desprecia los bienes materiales en un mundo en el que lo normal es poseer un salón, un piano, ir al club de tenis, ir a ver exposiciones e ir a tomar el té al Bois de Boulogne. En un mundo en el que los padres nunca discuten. El libro enseña, al mismo tiempo que la excelencia de las normas morales cristianas, la excelencia del modo de vida burgués.*

(Este tipo de historias me parecía entonces más real que los libros de Dickens, porque trazaban

* Cuando, en el año 2050, alguien consulte las revistas *20 ans*, *Elle*, etcétera, y las numerosas novelas por medio de las cuales la sociedad propone una moral práctica, sentirá la misma sensación de extrañeza que yo al releer los *Brigitte*.

las líneas de un destino probable, amor-matrimonio-hijos. ¿Quiere decir esto que lo real es por tanto lo posible?

Mientras yo leía *Brigitte jovencita* y *Esclava o reina* de Delly, e iba a ver *Pas si bête* (No tan tonto) con el cómico Bourvil, aparecían en las librerías las primeras ediciones del *Saint Genet* de Sartre y del *Requiem des innocents* (Requiem de los inocentes) de Calaferte, y se representaba en el teatro *Las sillas* de Ionesco. Ambas series permanecerán para siempre separadas en mi interior.)

Mi padre solo lee el periódico regional y la religión nunca aparece en sus conversaciones, excepto cuando se dirige a mi madre con comentarios irritados del tipo: «Siempre estás en la iglesia», «¿Qué demonios le cuentas al cura?», o cuando le hace bromas sobre el celibato de los sacerdotes, a las que mi madre nunca le responde, como si se tratara de sandeces que no merece la pena tener en cuenta. Él solo asiste a la mitad de la misa del domingo, de pie, al fondo de la iglesia, para poder salir más rápido, y deja para el domingo de Cuasimodo —último antes de caer en pecado mortal— el momento de «cumplir con la Iglesia» (confesarse y comulgar), como si se tratara de un deber engorroso. Mi madre solo le exige este mínimo destinado a asegurar su salvación. Por la noche se hace el dormido para no participar en las oraciones. Desprovisto de los signos de una verdadera religión, y por lo tanto del deseo de *elevarse,* mi padre *no lleva la batuta.*

Pero, igual que para mi madre, el colegio privado es su máxima referencia: «¿Qué dirían de ti en el internado si vieran cómo te comportas, cómo hablas, etcétera?».

Y: *Es necesario que des una buena imagen en el colegio.*

He sacado a la luz los códigos y las normas de los círculos en los que me hallaba encerrada. He hecho un repertorio de los lenguajes en los que me encontraba inmersa y constituían la percepción que yo tenía de mí misma y del mundo. Pero la escena de aquel domingo de junio no tiene cabida en ningún sitio.

Era algo que no podía contar a nadie de ninguno de mis dos mundos.

Habíamos dejado de pertenecer a la categoría de la gente correcta, de los que no beben ni se pelean entre sí y se visten de forma adecuada para ir a la ciudad. Por mucho que al principio de cada curso estrenara una camisa nueva y tuviera un bonito misal, por mucho que fuera la primera de la clase en todas las asignaturas, por mucho que rezara mis oraciones, había dejado de parecerme a las otras niñas de la clase. Había visto lo que no debía verse. Sabía lo que, en la inocencia social del colegio privado, no debería haber sabido, y eso me situaba de forma inevitable en el lado de aquellos cuya violencia, alcoholismo o desorden mental alimentaban los relatos que siempre concluían con un «es una pena que ocurran cosas como esta».

Me había convertido en una persona indigna del colegio privado, indigna de su excelencia y de su perfección. Había entrado en el ámbito de la vergüenza.

Lo peor de la vergüenza es que uno cree que es el único en sentirla.

Pasé el examen diocesano en un estado de total embotamiento y, ante la sorpresa y la decepción de la señorita L., obtuve tan solo la mención de «bien». Eso fue el miércoles siguiente, el 18 de junio.

El domingo siguiente, el 22 de junio, participé, como el año anterior, en la fiesta de la Juventud de los colegios cristianos en Ruan. El autobús nos trajo a las alumnas bastante tarde. La señorita L. se encargó de acompañar a las niñas que vivían en una zona determinada, que incluía mi barrio. Era alrededor de la una de la mañana. Golpeé con los nudillos el cierre de la puerta del colmado. Después de un rato bastante largo vi encenderse la luz y poco después apareció mi madre en el umbral de la puerta, desgreñada, medio dormida, muda, con un camisón arrugado y lleno de manchas (nos limpiábamos con él después de haber orinado). La señorita L. y las alumnas, dos o tres, dejaron de hablar. Mi madre farfulló un «buenas noches» al que nadie respondió. Me metí en el colmado para poner fin a la escena. Por primera vez acababa de ver a mi madre con la mirada del colegio privado. En mi recuerdo, esta escena, aunque no tenga nada que ver con la otra en la que mi padre quiso matar a mi madre, se me presenta como una prolongación de aquella. Como si a través de la exposición del cuerpo de mi madre, sin faja, blando, y su dudoso camisón, fuera nuestra verdadera naturaleza y nuestra forma de vida lo que se mostrara.

(Naturalmente, no se me ocurrió que si mi madre hubiera tenido una bata, habría podido ponérsela encima del camisón y no habría provocado así la sorpresa de las niñas y de la profesora del colegio privado. Pero en nuestro medio, la bata o el albornoz eran considerados como objetos de lujo, incongruentes e incluso ridículos para unas mujeres que, nada más levantarse, se vestían para trabajar. En mi sistema mental de entonces, en el que la bata no existía, era imposible escapar a la vergüenza.)

Todo lo que ocurrió durante aquel verano me pareció entonces la confirmación de nuestra indignidad: «solo nosotros» somos así.

Mi abuela murió de una embolia a principios de julio. No me importó demasiado. Unos diez días después estalló en el barrio de la Corderie una violenta disputa entre uno de mis primos, recién casado, y su tía, la hermana de mi madre que vivía en casa de mi abuela. En la calle, bajo la mirada de los vecinos e instigado por mi tío Joseph, su padre, sentado encima del terraplén, mi primo molió a golpes a su tía, que apareció cubierta de sangre y cardenales en el colmado. Mi madre la acompañó a la comisaría y al médico. (El caso fue juzgado en el tribunal unos meses después.)

Arrastré un resfriado mezclado con tos durante todo el mes. En un momento dado se me taponó brutalmente el oído derecho. Pero como nunca habíamos llamado a un médico en verano a causa de un resfriado, tampoco lo hicimos esa vez. No oía mi voz y la de los demás me llegaba como a través de una nebulosa. Evitaba hablar. Me creía condenada a vivir así para siempre.

También en julio, poco después de los hechos de la Rue de la Corderie, en una ocasión en que estábamos sentados en torno a la mesa tras haber cerrado el café, me quejé varias veces de que las patillas de mis gafas estaban torcidas. Cuando intenté arreglarlas, mi madre me las quitó y, gritando, las arrojó con todas sus fuerzas contra el suelo de la cocina. Los cristales se hicieron añicos. De lo único que puedo acordarme es de los reproches que se cruzaron mis padres y de mis sollozos. Y también de la sensación de un desastre que seguiría su curso de forma inevitable, algo como «ahora ya nos hemos vuelto locos del todo».

La vergüenza siempre lleva consigo la sensación de que, a partir de ese momento, puede sucederte cualquier cosa, de que es algo que no tiene fin, pues la vergüenza se alimenta de vergüenza.

Pasado algún tiempo de la muerte de mi abuela y de la paliza que había recibido mi tía, fui con mi madre a Étretat en autobús, para pasar, como siempre hacíamos en verano, un día a orillas del mar. Aunque en la playa se puso su vestido azul de flores rojas y amarillas, fue y volvió a Y. vestida de luto, «para evitar los comentarios de la gente de Y.». En una foto que me hizo, que perdí o rompí de forma voluntaria hace unos veinte años, yo aparecía con el agua hasta las rodillas; al fondo se veían la Aiguille y la puerta de Aval. Estaba muy tiesa, con los brazos pegados al cuerpo, intentando meter tripa y sacar mi pecho ausente, embutida en un bañador de punto.

Durante el invierno, mi madre nos había apuntado a mi padre y a mí a un viaje organizado por la compañía de autocares de la ciudad. Estaba previsto que bajaríamos a Lourdes visitando algunos lugares turísticos: Rocamadour, el precipicio de Padirac, etcétera. Nos quedaríamos allí tres o cuatro días y volveríamos a Normandía por un itinerario diferente al de la ida, pasando por Biarritz, Burdeos y los castillos del Loira. Ahora nos tocaba a mi padre y a mí ir a Lourdes. La mañana de la partida, en la segunda quincena de agosto —todavía era de noche—, esperamos durante mucho tiempo en la acera de la Rue de la République el autobús, que venía de una pequeña ciudad costera donde debía recoger a algunos de nuestros compañeros de viaje. Viajamos durante todo el día, deteniéndonos por la mañana en un café, en Dreux, y al mediodía en un restaurante a orillas del Loira, en Olivet. De pronto se puso a llover a cántaros y yo ya no veía nada a través de los cristales. Me había hecho un rasguño en el dedo con un terrón de azúcar que intenté partir para darle la mitad a un perro en el café de Dreux y empezaba a infectárseme. A medida que bajábamos hacia el sur me sentía más perdida. Me parecía que nunca más volvería a ver a mi madre.

Excepto a un fabricante de galletas y a su mujer, no conocíamos a nadie. Llegamos de noche a Limoges, al hotel Moderno. Cenamos solos en una mesa, en medio del comedor. No nos atrevíamos a hablar debido a la presencia de los camareros. Nos sentíamos intimidados, presa de una vaga aprensión hacia todo.

Desde el primer día, la gente conservó el asiento que había ocupado en el momento de la partida y no se movió de él hasta el final del viaje (de ahí que me resulte tan fácil acordarme de todos ellos). En la primera fila de la derecha, delante de nosotros, iban dos chicas, hijas de una familia de joyeros de Y. En el asiento de detrás, una terrateniente viuda con su hija de trece años, que estudiaba en un colegio de religiosas de Ruan. En la fila siguiente, un jubilado de correos, viudo, también de Ruan. Más atrás, una institutriz laica, soltera, obesa, con un abrigo marrón y sandalias. En la primera fila de la izquierda, el fabricante de galletas y su esposa, después una pareja de vendedores de novedades de la pequeña ciudad costera, las mujeres de los dos conductores del autobús, y luego tres parejas de labradores. Era la primera vez que nos relacionábamos de cerca, durante diez días, con personas desconocidas que, salvo los conductores del autobús, eran todas mejores que nosotros.

Durante los días siguientes ya no sufrí tanto por estar lejos de casa. Disfruté descubriendo las montañas y un calor insospechable en Normandía, comiendo y cenando en restaurantes, durmiendo en hoteles. El hecho de poder lavarme en un lavabo, con agua caliente y fría, era para mí un lujo. Me parecía —como siguió ocurriéndome mientras viví en casa de mis padres— que todo era «más bonito en el hotel que en nuestra casa». Al final de cada etapa me moría de impaciencia por ver la nueva habitación. Me hubiera quedado en ella durante horas, sin hacer nada, solo estar allí.

Mi padre seguía desconfiando de todo. Durante el trayecto miraba la carretera, a menudo empinada, y estaba más atento a la forma de conducir del conductor que al paisaje. El tener que cambiar constantemente de cama le molestaba. La comida le importaba mucho y se mostraba muy circunspecto con lo que nos servían en el plato, y juzgaba con severidad la calidad de los productos corrientes, como el pan y las patatas, que él cultivaba en su huerto. Durante las visitas a las iglesias y a los castillos se quedaba rezagado, como si aquello fuera para él una carga y solo lo hiciera para darme gusto. No estaba en su ambiente, es decir, realizando una actividad y en compañía de una gente que respondiera a sus gustos y a sus costumbres.

Empezó a sentirse algo más contento cuando simpatizó con el jubilado de correos, así como con el fabricante de galletas y el vendedor de novedades, más locuaces por necesidad profesional que los otros miembros del grupo y que compartían con él intereses comunes, impuestos, etcétera, por encima de las diferencias evidentes: ellos tenían las manos blancas. Los tres eran mayores que mi padre y, al igual que él, no habían ido allí para cansarse caminando bajo el sol. Se quedaban mucho tiempo sentados a la mesa. Sus conversaciones versaban sobre la sequía de las regiones por las que pasábamos, el número de meses que llevaba sin llover, el acento del Midi, todo lo que era diferente de nuestra región y el crimen de Lurs.

A mí me pareció natural buscar la compañía de la niña de trece años, Élisabeth, pues solo nos llevábamos un año y ella también iba a un colegio religioso, aunque ya estuviera en secundaria. Eramos igual de altas, pero ella ya tenía un poco de pecho y aspecto de chica. El primer día me había hecho mucha ilusión darme cuenta de que las dos llevábamos una falda plisada azul marino y una chaqueta, la suya roja y la mía naranja. No respondió a mis intentos de hablar con ella; se limitó a sonreírme de la misma forma que lo hacía su madre, cuya boca dejaba al descubierto varios dientes de oro cuando se abría, y nunca dirigía la palabra a mi padre. Un día me puse la falda y la camisa del uniforme de gimnasia con los que había ido vestida a la fiesta de la Juventud. Ella se dio cuenta y me dijo: «¿Has ido a la fiesta de la Juventud?». Me sentí orgullosa de responder que sí, interpretando su frase, acompañada de una gran sonrisa, como un signo de complicidad entre las dos. Luego, a causa del extraño tono que había utilizado, sentí que su pregunta significaba «como no tienes otra cosa que ponerte, utilizas la ropa de gimnasia».

En una ocasión oí a una de las mujeres del grupo decir esta frase: «Con el tiempo será una belleza». Después comprendí que no hablaba de mí, sino de Élisabeth.

En ningún momento se me pasó por la cabeza hablar con las chicas de la joyería. Todavía no ocupaba ningún lugar entre los cuerpos femeninos del viaje, solo era una niña que estaba en edad de crecer, alta, sin pecho y robusta.

Al llegar a Lourdes me sentí invadida por un extraño malestar. Veía las casas, las montañas, todo el paisaje, moverse constantemente. Cuando me sentaba a la mesa en los restaurantes de los hoteles, veía «pasar» el muro de la calle una y otra vez ante mis ojos. Los únicos que no se movían eran los lugares cerrados. No le dije nada a mi padre, pensaba que me había vuelto loca y que iba a quedarme así. Al levantarme por las mañanas me preguntaba si el paisaje se habría detenido por fin. Creo que en Biarritz volví a mi estado normal.

Mi padre y yo llevamos a efecto todos los actos de devoción previstos por mi madre. La procesión de las antorchas, la misa mayor al aire libre, de pie, bajo el sol —estuve a punto de desmayarme y una mujer me prestó su abanico—, y la oración en la gruta milagrosa. Me resulta imposible decir si me parecieron bonitos aquellos lugares que el colegio religioso y mi madre evocaban extasiados. No sentía ninguna emoción por estar allí. Recuerdo un vago malestar en una mañana gris a lo largo del Gave.

En compañía del grupo, visitamos la plaza fuerte, las grutas de Bétharram y una reconstrucción del paisaje de la época de Bernardette Soubirous en un inmenso cuadro que había dentro de una especie de circo, el Panorama. Nosotros y el jubilado de correos fuimos los únicos que no visitamos el circo de Gavarnie o el puente de España. Esas excursiones no estaban incluidas en el precio y mi padre probablemente no llevaba suficiente dinero. (Recuerdo su asombro en la terraza de un café de Biarritz cuando le dijeron el precio de los coñacs que acababa de tomar con los otros dos comerciantes.)

No nos habíamos hecho ninguna idea de cómo sería el viaje. Había muchas costumbres que no conocíamos.

Las chicas de la joyería tenían una guía turística que llevaban en la mano cuando bajábamos del autobús para visitar algún monumento. Sacaban de su bolsa de playa chocolate y galletas. Salvo una botella de alcohol de menta y dos terrones de azúcar, por si acaso nos mareábamos, nosotros no nos habíamos llevado nada de comer, pensando que era algo que no se hacía.

Yo solo llevaba un par de zapatos blancos, los que me habían comprado para la ceremonia de la renovación, y que enseguida se me mancharon. Mi madre no me había dado crema blanca para limpiarlos. No se nos ocurrió que podíamos comprarla, como si fuera imposible buscar una tienda en una ciudad desconocida. Una noche, en Lourdes, al ver los zapatos alineados delante de las puertas de las habitaciones, dejé los míos. Al día siguiente me los encontré tan sucios como la víspera y mi padre se burló de mí: «Ya te lo dije. Para eso hay que pagar». Para nosotros eso era algo inconcebible.

Lo único que compramos fueron unas medallas y unas tarjetas postales para mandárselas a mi madre, a la familia y a los conocidos. No compramos ningún periódico, solo un día *Le Canard enchaîné*. Los diarios de las regiones que atravesábamos no hablaban de la nuestra.

Cuando llegamos a Biarritz, yo no tenía traje de baño ni pantalones cortos. Caminamos por la playa con nuestras ropas y nuestros zapatos en medio de los cuerpos bronceados en bikini.

De nuevo en Biarritz, en la terraza de un café muy grande, mi padre se lanza a contar un chiste de curas algo salaz que ya le he oído en casa. Los otros ríen de una forma forzada.

Tres imágenes del itinerario de vuelta.

Durante una parada en una planicie de tierra ocre y de hierbas chamuscadas, tal vez en Auvernia, acabo de defecar lejos del grupo, que se encuentra dentro de una cantina. En aquel momento pensé que había dejado algo de mí en un lugar al que tal vez no volvería jamás. Al cabo de un rato, al día siguiente, estaría lejos, volvería al colegio, y durante días, hasta el invierno, esa cosa abandonada por mí permanecería en aquella planicie desértica.

En las escaleras del castillo de Blois. Mi padre, que se ha resfriado, tose sin parar. Solo se oye su tos resonando bajo las bóvedas, tapando los comentarios del guía. Se distancia del grupo, que ha llegado a lo alto de las escaleras. Yo me vuelvo y le espero, probablemente de mala gana.

Una noche, la última del viaje, en Tours, cenamos en un restaurante lleno de espejos y muy iluminado, frecuentado por una gente muy elegante. Mi padre y yo estamos sentados en un extremo de la mesa del grupo. Los camareros nos hacían esperar mucho entre plato y plato. En una de las mesas vecinas hay una chica de catorce o quince años con un vestido escotado, bronceada, en compañía de un hombre bastante mayor que parece su padre. Hablan y ríen con desenvoltura y libertad, sin preocuparse por los demás. Ella saborea una especie de leche espesa en una copa de cristal; unos años después me enteré de que era yogur, todavía desconocido en nuestra región. Me vi en el espejo que tenía enfrente, pálida, con esas gafas que me daban un aspecto tan triste, silenciosa al lado de mi padre, que miraba al vacío. Yo veía todo lo que me separaba de aquella chica, pero no sabía qué podía hacer para parecerme a ella.

Luego, mi padre se quejó con una violencia fuera de lo normal de aquel restaurante donde nos habían dado de comer un puré hecho con «las patatas que se dan a los puercos», blanco y sin ningún sabor. Varias semanas después seguía manifestando una profunda cólera por aquella cena hecha con las «patatas que se dan a los puercos». Era su forma de decir sin decir —tal vez fue en aquel momento cuando empecé a aprender a descifrarla— su indignación ante la ofensa sufrida, ante el desprecio con el que habíamos sido tratados por no formar parte de la elegante clientela que comía «a la carta».

(Después de cada una de las imágenes de aquel verano, mi tendencia natural sería escribir «entonces descubrí que» o «me di cuenta de que», pero esas frases suponen una conciencia clara de las situaciones vividas, cuando, en realidad, en ellas solo existe la sensación de vergüenza que las ha fijado en la memoria, independientemente de cualquier significado. Ahora ya nada puede evitar que yo experimentara esa sensación, ese peso, esa aniquilación. Es la única verdad.

Lo que une a la niña de 1952 con la mujer que está escribiendo.

Aparte de Burdeos, Tours y Limoges, no he vuelto a ver ninguno de los lugares que visité durante aquel viaje.

La imagen del restaurante de Tours es la más clara de todas. Recuerdo que al escribir un libro sobre la vida y la educación de mi padre, esta imagen me venía una y otra vez a la cabeza como la prueba irrefutable de que existían dos mundos, y de que nosotros pertenecíamos al de abajo.

Tal vez la única relación que existe entre la escena del domingo de junio y aquel viaje sea cronológica, pero ¿cómo negar que un hecho sucedido después de otro siempre se vive bajo la sombra proyectada por el primero y que la sucesión de las cosas siempre tiene un sentido?)

A la vuelta no hacía otra cosa más que pensar en aquel viaje. Me trasladaba a las habitaciones de los hoteles, a los restaurantes, a las calles soleadas de las ciudades. Ahora sabía que existía otro mundo, vasto, con un sol abrumador, con habitaciones en las que había lavabos de agua caliente, y con chicas que hablaban con sus padres como en las novelas. Nosotros no pertenecíamos a él. No había nada que hacer.

Creo que fue ese verano cuando empecé a jugar al juego del día ideal, una especie de rito que practicaba a partir de *Le Petit Écho de la mode* —el que tenía más publicidad de los periódicos que comprábamos— después de haber leído los folletines y algunas crónicas. El proceso siempre era el mismo. Imaginaba que yo era una chica que vivía sola en una casa muy grande y muy bonita (variante: vivía sola en una habitación en París). Con cada producto ponderado en la revista iba construyendo mi cuerpo y mi apariencia; tenía unos dientes bonitos (con Gibbs), unos labios rojos y gruesos (lápiz de labios Baiser), una figura esbelta (faja X), etcétera. Llevaba un vestido o un traje de chaqueta que un anuncio invitaba a comprar por correspondencia, y mis muebles provenían de las Galeries Barbès. Estudiaba aquello que, según la Escuela Universal, ofrecía las mejores salidas. Solo me alimentaba de los productos de los que se enunciaban las ventajas: pastas, margarina Astra. Experimentaba un enorme placer creándome únicamente a partir de los productos que aparecían en el periódico —regla respetada con escrupulosidad— y que yo descubría poco a poco, lentamente, tomándome todo el tiempo que fuera necesario en desarrollar cada «anuncio», en unir las imágenes entre sí y organizar el relato de lo que sería un día ideal. Este consistía, por ejemplo, en despertarme en una cama Lévitan, tomar Banania en el desayuno, cepillar mi «espléndida cabellera» con Vitapointe, estudiar un curso de enfermera o de asistente social por correspondencia, etcétera. De una semana a la otra, el cambio de anuncios renovaba aquel juego que, a diferencia del estado de ensoñación que seguía a la lectura de las novelas, era muy activo, excitante —construía mi porvenir con objetos reales— y a la vez frustrante, porque nunca conseguía ocupar un día entero.

Era una actividad secreta, sin nombre, y nunca pensé que otras personas pudieran entregarse a ella.

De pronto, en septiembre, el negocio familiar empezó a ir mal; habían abierto unos almacenes Coop o una cooperativa en el centro de la ciudad. El viaje a Lourdes había sido probablemente demasiado costoso para nosotros. Mis padres hablaban en voz baja en la cocina por las tardes. Un día, mi madre nos reprochó a mi padre y a mí no haber rezado bien en la gruta. Nosotros nos echamos a reír a carcajadas y ella enrojeció, como si acabara de revelar una relación con el cielo que nosotros éramos incapaces de comprender. Pensaban vender y trabajar de dependientes en una tienda de comestibles o bien volver a la fábrica. La situación debió de mejorar después, pues no lo hicieron.

Hacia finales de mes me dolió una muela en la que tenía una caries y mi madre me llevó por primera vez al dentista, que estaba en Y. Antes de lanzarme un chorro de agua fría en la encía para ponerme después la inyección, me preguntó: «¿Te duele cuando bebes sidra?». Era lo que bebían en las comidas los obreros y la gente del campo, tanto los adultos como los niños. En casa yo bebía agua como las internas del colegio privado, a veces con un poco de granadina. (¿Significa eso que ya no se me escapaba una sola frase que se refiriera al lugar que ocupábamos en la sociedad?)

Recuerdo que, a principio de curso, dos o tres niñas limpiamos el aula un sábado después de las clases, en compañía de la señorita B., la profesora de segundo de bachillerato. En la familiaridad de los trapos de polvo, yo entoné una canción de amor, *Bolero,* a voz en grito, pero enseguida me callé. Y me negué a continuar cantando cuando me invitó a hacerlo la señorita B. de forma perentoria, pues estaba convencida de que lo único que ella quería era que yo desvelara mi vulgaridad para denunciarla con violencia.

Para qué continuar. La vergüenza no es más que repetición y acumulación.

Todo lo que formaba parte de nuestra existencia se convirtió en algo de lo que avergonzarse: el retrete del patio, el dormitorio común —donde, según una costumbre muy extendida en nuestro ambiente y motivada por la falta de espacio, yo dormía con mis padres—, las bofetadas y los tacos de mi madre, los clientes borrachos, las familias que compraban a crédito... El conocimiento que yo tenía de los distintos grados de la borrachera y de lo que era llegar a final de mes a base de carne de buey en conserva indicaba por sí solo mi pertenencia a una clase social con respecto a la cual la escuela privada no manifestaba más que ignorancia y desdén.

Era normal tener vergüenza, como si esta fuera una consecuencia inevitable del oficio de mis padres, de sus problemas de dinero, de su pasado de obreros, de nuestra forma de ser. De la escena de aquel domingo de junio. Para mí, la vergüenza se convirtió en una forma de vida. En el peor de los casos era algo que ya ni siquiera percibía: la llevaba dentro de mi propio cuerpo.

Siempre he deseado escribir libros de los que me sea imposible hablar a continuación, que hagan que la mirada ajena me resulte insostenible. Pero por mucha vergüenza que pueda producirme el escribir un libro, nunca estará a la altura de la que experimenté cuando tenía doce años.

El verano de 1996 está a punto de finalizar. Cuando empecé a pensar en este texto, un obús cayó sobre el mercado de Sarajevo y mató a decenas de personas e hirió a centenares. En los periódicos, algunos escribían «la vergüenza nos atenaza». Para ellos, la vergüenza era algo que se podía tener un día y olvidarla a la mañana siguiente, que se podía sentir en una situación (Bosnia) y no en otra (Ruanda). Todo el mundo ha olvidado ya la sangre del mercado de Sarajevo.

Durante los meses que he estado escribiendo este libro he prestado atención a todos los hechos, fueran cuales fueran —el estreno de una película, la publicación de un libro, la muerte de un artista, etcétera—, que ocurrieron en 1952. Me parecía que certificaban la realidad de aquel año tan lejano y cómo era yo de niña. En un libro de Shohei Ooka, *Hogeras en la llanura*, publicado en Japón en 1952, leo lo siguiente: «Tal vez todo esto no sea más que una ilusión, pero no puedo poner en duda que lo sentí. El recuerdo es también una experiencia».

Miro la fotografía de Biarritz. Mi padre murió hace veintinueve años. Ya no tengo nada en común con la niña de la foto salvo la escena del domingo de junio que llevo grabada en la cabeza y que me ha hecho escribir este libro, porque esa escena nunca me ha abandonado. Es lo único que hace que esa niña y yo seamos la misma, ya que el orgasmo donde más siento mi identidad y la permanencia de mi ser solo lo conocí dos años después.

Octubre de 1996